BARBARA DEE

Disseram ser sorte

BARBARA DEE

Disseram ser sorte

Tradução
Isabela Sampaio

Título original: *Maybe He Just Likes You*

Editora responsável **Paula Drummond**
Assistente editorial **Agatha Machado**
Preparação de texto **Sofia Soter**
Diagramação **Ilustrarte Design**
Projeto gráfico original **Laboratório Secreto**
Revisão **Luiza Miranda**
Capa **Carmell Louize (ilustração) e Ilustrarte Design**

Texto fixado conforme as regras do Acordo Ortográfico da Língua Portuguesa (Decreto Legislativo nº 54, de 1995)

CIP-BRASIL. CATALOGAÇÃO NA PUBLICAÇÃO
SINDICATO NACIONAL DOS EDITORES DE LIVROS, RJ

D355d

Dee, Barbara
Disseram ser sorte / Barbara Dee ; tradução Isabela Sampaio. - 1. ed. - Rio de Janeiro : Globo Alt, 2021.
272 p.

Tradução de: Maybe he just likes you
ISBN 978-65-88131-34-3

1. Ficção americana. I. Sampaio, Isabela. II. Título.

21-73173 CDD: 813
CDU: 82-3(73)

Camila Donis Hartmann - Bibliotecária - CRB-7/6472

1ª edição, 2021

Direitos de edição em língua portuguesa para o Brasil adquiridos por Editora Globo S.A.
R. Marquês de Pombal, 25
20.230-240 – Rio de Janeiro – RJ – Brasil
www.globolivros.com.br

Para meu filho Josh.
Tenho orgulho de você em todos os sentidos.

Pedrinhas

Todo dia daquele mês de setembro, nós quatro corríamos para o pátio. Estava calor (calor demais para o outono, pensando bem) e o refeitório fedia a queijo cheddar derretido e desinfetante. Então, quando o sinal anunciava a hora do intervalo, cada um de nós pegava um lanche rápido — um pote de iogurte, um pacote de salgadinho, uma maçã — e se apressava para chegar à área cimentada, onde dava para jogar basquete, correr, ou simplesmente conversar com os amigos e respirar ar fresco por meia hora.

Aquele era o dia do aniversário de doze anos de Omi, e tínhamos planejado uma surpresa. Enquanto Max a distraía no refeitório, Zara e eu correríamos para o pátio e faríamos um "O" gigante com pedrinhas. A ideia da letra "O" foi minha: seu nome verdadeiro era Naomi-Jacinta Duarte Chavez, mas o apelido era Omi.

O lance de Omi era colecionar coisas da natureza: conchas, penas, pedras em cores e formatos estranhos. Então, nosso plano era dar um abraço de aniversário em Omi dentro do "O" e depois lhe entregar uma bolsa vermelha com pedrinhas de chocolate — basicamente M&Ms, mas cada um com uma cor e um formato diferente. Não seria uma festa de aniversário genérica, com bolinho para a turma inteira, como se fazia no primário. Seria uma comemoração pessoal e particular, só para nossos amigos.

Mas o que aconteceu foi que, no segundo em que Zara e eu saímos, a sra. Wardak, a inspetora, bloqueou nossa passagem. Ela costumava nos ignorar, e nós a ignorávamos também. Contudo, por algum motivo, não foi assim naquele dia.

— Por que estão aqui fora? — ela exigiu saber. — Vocês têm que almoçar primeiro.

— A gente sabe, mas é aniversário da nossa amiga — Zara disse. — E queríamos escrever o nome dela com pedrinhas.

— É *o quê*?

O apito da sra. Wardak quicou em seu peito.

— Só a inicial — falei.

— Com *pedrinhas*? — a sra. Wardak repetiu. — Isso é um presente de aniversário?

De repente, comecei a sentir minha pele meio pegajosa por baixo do suéter verde felpudo. Não tínhamos tempo para aquela conversa. E com certeza não tínhamos tempo de explicar como funcionava a cabeça dos alunos de sétimo ano, já que a sra. Wardak não entendia nada.

— Não é o presente *completo* — falei depressa. — É só uma coisinha que a gente queria fazer. E, por favor, temos que correr. Nossa amiga vai sair a qualquer segundo…

A sra. Wardak suspirou, como se não tivesse energia para argumentar que seres humanos normais gostam de ganhar presentes embrulhados e sem pedrinhas.

— Tudo bem. Só não se esqueçam de limpar a bagunça depois, meninas. Não quero que um jogador de basquete tropece.

— Ah, não vamos chegar nem *perto* da cesta de basquete — Zara prometeu. — Isso é meio que o *oposto* de onde vamos estar. Geralmente ficamos em um lugar mais reservado...

Puxei a manga dela. Às vezes, Zara perdia a noção de tempo. De qualquer maneira, não havia motivo para contar para a sra. Wardak o que costumávamos fazer no intervalo.

Corremos para a outra ponta do pátio, onde uma faixa de cascalho dividia o terreno entre Escola e Não Escola. Às vezes, durante o intervalo, meus amigos e eu ficávamos ali só batendo papo. Ou cantávamos (principalmente Zara, que fazia apresentações dignas de turnês mundiais com composições próprias). Ou catávamos pedrinhas (principalmente Omi, mas às vezes eu também). Certa vez, Max e eu entramos numa brincadeira chamada pique-não-pega no pátio — uma versão totalmente diferente do pique-pega do primário, com regras supercomplicadas. Mas, em geral, ficávamos só nós quatro, porque eu tinha ensaio da banda logo depois do almoço e passaríamos o resto da tarde separados.

— Ei, Mila, olha só essa aqui, é *literalmente roxa*! — Zara gritou na minha direção, agachada sobre as pedrinhas. — E, aaah, essa aqui meio que parece uma ponta de flecha! Ou o estado de Oklahoma!

— Não temos tempo para escolher uma por uma — falei, pegando um punhado de pedrinhas para espalhar no chão. — Vem, Zara, ajude a fazer o "O".

— Tá bem, tá bem — ela resmungou. — De que tamanho?

— Não sei, grande o suficiente para cabermos nós quatro de pé, para formar tipo um "O" de Omi. E também um Círculo da Amizade.

Eu tinha acabado de pensar naquilo e não conseguia decidir se era fofo ou idiota, mas Zara amou.

— Círculo da Amizade! Aaah, que perfeito, Mila! — Ela começou a cantar. — *Cír-cu-lo da Amiiiizaaaaaaa*...

— Ai, rápido! Estou vendo eles virem!

Max e Omi estavam correndo na nossa direção, desviando de uma bola de basquete. Eu nem vi acontecer, mas, de alguma maneira, no último minuto, um jogo tinha começado do outro lado do pátio. Os garotos de sempre — Callum, Leo, Dante e Tobias —, chocando-se uns contra os outros. Quicando a bola no chão: *pam, pam*. Gritando, rindo, torcendo, discutindo.

— *Aqui*! — Dava para ouvir Callum gritar para os outros. Era sempre a voz dele que chegava aos meus ouvidos. — Aqui! Joga pra *mim*!

Terminamos o círculo assim que nossos amigos chegaram.

— PARABÉÉÉÉÉNS! — Zara gritou, abrindo bem os braços. — Olha, Omi, fizemos um "O" pra você! Pela sua inicial, e é também um Círculo da Amizade! Foi ideia da Mila — ela acrescentou, buscando meu olhar.

Omi bateu palmas e riu.

— Eu amei, gente, é lindo! Obrigada! Vou levar sempre comigo!

— Bem, talvez não *sempre* — falei, sorrindo. — É só uma obra de arte temporária.

— É, sabe, tipo uma escultura de areia — Max disse. Seus grandes olhos azuis estavam brilhando. — Ou, sei lá, você já viu uma mandala budista de areia? Eles usam areias de cores diferentes, é muito maneiro, e depois destroem tudo. De propósito.

A mãe de Max era budista, então ele sabia várias coisas desse tipo.

— Hã. Fascinante, Max, mas meio nada a ver. — Zara murmurou, então puxou Omi para dentro do "O". — Abraço de aniversário! Todos para dentro!

Nós quatro nos apertamos dentro do círculo e nos abraçamos. Como eu era a mais baixinha, fiquei no meio do abraço, olhando diretamente para a clavícula de Zara. Eu nunca tinha reparado, mas ela tinha uma manchinha minúscula em forma de caracol no pescoço, dois tons mais escuros do que sua pele negra clara.

— Tá, ficou lindo, mas prometam que *não vão* cantar parabéns! — pediu Omi, dando risadinhas.

— Desculpa, Omi, é exigência da matriz — Zara respondeu.

Ela começou a cantar com sua voz de contralto, forte e límpida. Ainda abraçados, Max e eu nos juntamos, um pouco desafinados, mas e daí? Estávamos prestes a cantar "Muitas felicidadeees" quando algo roçou meus ombros. A mão de alguém.

De repente, nos vimos cercados pelos garotos do basquete — Callum, Leo, Dante e Tobias. Eles nos abraçaram e começaram a cantar junto. Bem, meio que começam a cantar junto.

— Muitos anos de vidaaaa — Callum gritou no meu cabelo.

Sua respiração no meu pescoço me fez estremecer.

A música acabou, mas o abraço, não, e a mão de Callum segurou firme a penugem do meu suéter verde. Os garotos do basquete cheiravam a suor e pizza. Eu disse a mim mesma para respirar devagar, por entre os dentes.

— O que você está fazendo, Leo? — Zara riu, um pouco alto demais. Ou talvez só parecesse alto porque ela estava bem perto de mim. — Quem disse que você podia se juntar ao abraço?

— Não seja grossa, a gente só queria dar parabéns — Leo disse. — Não para *você*, Zara. Para Omi.

Zara se encolheu. Foi um movimento rápido o suficiente para que talvez só eu notasse. Mas eu sabia muito bem da superqueda de Zara por Leo, que tinha cabelos ondulados cor de areia, olhos esverdeados e um pouquinho de sardas. Ele era bonitinho, mas de um jeito meio "Ei, você não me acha bonitinho?".

Mexi meu ombro, mas a mão de Callum apertava e não soltava.

Dava para sentir minhas axilas ficarem úmidas.

— Bem, obrigada, mas estou meio esmagada aqui! — Omi gritou. — Então, se vocês não se importarem...

— Tá, foi mal! — Leo falou. — Parabéns, Omi! Tchau!

De repente, como um bando de pássaros, eles voaram para a quadra de basquete.

No mesmo instante, meus amigos e eu nos separamos, e pude voltar a respirar normalmente.

— Isso foi estranho — comentei, limpando os resquícios de Callum da penugem do meu suéter.

— Ai, Mila, deixa de ser criança — Zara disse. — Eles só estavam sendo amigáveis.

Bufei.

— Você acha que ser esmagado daquele jeito é *amigável*?

— É, Zara — Max disse. — Você só está dizendo isso porque gosta do Leo.

Zara deu uma breve gargalhada.

— Tudo bem, Max, concordo, foi *incrivelmente constrangedor*, mas achei meio fofo. Você não achou, Omi?

— Sei lá, acho que sim — Omi disse. — Talvez.

Ela deu de ombros, mas estava sorrindo. E suas bochechas estavam ficando vermelhas.

O cabelo comprido de Max cobria seu rosto, então não consegui ver seus olhos.

— Bem, eles estragaram o "O" — murmurou.

Ele tinha razão: as pedrinhas estavam espalhadas por toda parte. Não havia mais Círculo da Amizade, nem "O" de Omi.

— Droga — falei. — Bem, prometemos à sra. Wardak que limparíamos as pedrinhas. Deveríamos devolvê-las, de qualquer maneira.

— Quem é sra. Wardak? — Omi perguntou.

— Você sabe. A inspetora.

Comecei a chutar as pedrinhas para o limite do pátio, assim como Max.

— Ah, quem liga para *ela*, Mila? — Zara disse, impaciente. — Ela não é nem professora, fora que não presta atenção em nada. — Ela pegou a mão de Omi. — Temos outro presente para você, e ele é muito melhor! Olha!

Zara enfiou a mão no bolso da calça jeans e puxou a bolsinha vermelha de pedras de chocolate.

Omi gritou.

— Ai, meu Deus, gente, eu amo isso! Como vocês sabiam?

— Porque somos seus melhores amigos e prestamos *mesmo* atenção! — Zara respondeu, radiante.

Quase acrescentei que foi ideia minha. Mas decidi que não seria lá muito amigável.

Balanço

Tirando o intervalo do almoço, quando eu podia ficar com meus amigos, o momento que eu mais gostava na escola era definitivamente quando estava com a banda. Eu podia estar tendo um dia chato, horrível ou não muito divertido, mas, assim que começava a tocar meu trompete, parecia que os céus se abriam. Eu tinha uma sensação de espaço infinito, sem pessoas, nuvens ou prédios no caminho. Só vastos campos de grama e um céu azul limpo. Às vezes, quando eu estava tocando, chegava a ver a cor azul.

Não quero dizer que *literalmente via* a cor azul. Quero dizer que a *sensação* era de cor azul. Calma e aberta, como se pudesse durar para sempre.

Além disso, era bom fazer barulho. Porque, durante o dia inteiro, os professores nos diziam para ficarmos quietos. *Nada de falar, nada de rir, nada de cochichar*. Às vezes, o professor de matemática chegava até a reclamar de "suspiros altos". Então, a banda era o único momento do dia em que dava para extravasar. Em que a gente *deveria* extravasar, quanto mais alto, melhor.

E, depois daquela esquisitice do almoço, eu *precisava* da banda.

Mas, assim que me sentei na seção dos trompetes, senti que algo estava acontecendo. As pessoas estavam paradas, batendo papo e dando risadas nervosas, em vez de aquecer seus instrumentos.

— O que está acontecendo? — perguntei ao garoto à minha direita, Rowan Crawley.

— Vão anunciar os líderes de seção — ele murmurou. — Ou seja, Callum, é claro.

— Cara, sim — Dante concordou e empurrou Callum de brincadeira.

Callum sorriu.

Eu não conseguia nem olhar para ele. Em vez disso, tirei meu trompete do estojo, esfregando-o lenta e cuidadosamente com um paninho cinza. *Esfrega, esfrega, esfrega*.

A sra. Fender bateu em seu suporte de partitura com a batuta.

— Tá bom, pessoal, vamos lá — ela disse. — Estou pronta para anunciar os líderes da banda do sétimo ano.

Todo mundo parou de falar. Você já viu uma árvore cheia de pássaros cantantes quando um falcão ou uma raposa aparece? De repente, não se ouve mais um pio. Só uma espécie de silêncio alto. Foi quase desse jeito na sala de música, exceto pelo ranger das cadeiras.

Era estranho que meu coração estivesse batendo forte. Quer dizer, eu sabia que tocava trompete muito bem, e cheguei até a fazer umas aulas particulares durante as férias, com uma garota legal do ensino médio chamada Emerson. Mas eu *realmente* não achava que a sra. Fender ia me escolher como líder de seção. Ela era o tipo de professora que tinha seus queridinhos — pessoas como Samira Spurlock, da seção de clarinete, e Annabel Cho, do saxofone. Eu pensava nas duas como Queridinhas Número Um e Dois.

Entre os trompetistas, seu favorito era Callum — Queridinho Número Três. Estávamos na banda do sétimo ano havia poucas semanas, mas ela já tinha deixado aquilo claro. Sempre que distribuía uma nova peça musical, pedia a ele que se levantasse e a tocasse, não só para a seção dos trompetes, mas para a banda inteira. Não estou dizendo que ele não era um bom músico — e não era como se eu tivesse inveja. Mas não podia deixar de me perguntar: por que era sempre *ele*?

— Em primeiro lugar, quero deixar claro que ser escolhido como líder de seção é uma honra, mas também uma grande responsabilidade — a sra. Fender dizia. — Então, se você não ensaiar todos os dias, vai logo perder sua posição. — Ela lançou um olhar severo para toda a banda por cima de seu suporte de partitura. — Temos um programa muito ambicioso este ano, e preciso de líderes com quem possa contar. *Todos* vamos precisar.

A sra. Fender fez uma pausa e jogou os cabelos cor de mel por cima do ombro. Professores de música entendem de *timing*.

Finalmente, ela sorriu.

— Então, sem mais delongas: aqui estão nossos líderes da banda do sétimo ano. Por favor, fique de pé quando eu chamar seu nome. Para os clarinetes, Samira Spurlock. Para os saxofones, Annabel Cho. Para os trompetes, Callum Burley…

Uau, que surpresa. Os Queridinhos Número Um, Dois e Três.

Dante, que tocava trompete, e Leo, que tocava saxofone, começaram a vibrar como se estivessem em um jogo de basquete. Tobias (trombone) chegou a assobiar.

Callum ficou de pé, afastando o cabelo castanho desgrenhado dos olhos castanho-escuros, corando e sorrindo para os amigos. E quando se curvou — uma espécie de "reverência", como se estivesse vestindo um smoking —, sua mão balançou rapidamente pelo meu ombro.

Será que ele percebeu? Era difícil imaginar que não — meu suéter era verde e felpudo, então, a menos que sua mão estivesse esperando colidir com um Muppet ou algo do tipo, ele deveria ter se alarmado. Se bem que ele já tinha tocado meu suéter durante o abraço de aniversário de Omi e, na verdade, esse movimento de mão tinha sido muito mais rápido e mais aleatório do que o aperto de ombro.

Ainda assim, era o tipo de contato pelo qual ele deveria pedir desculpas. Por mais que não tivesse me machucado.

Mas, quando olhei para ele, Callum não disse nada, nem mesmo me olhou. Provavelmente estava concentrado na sra. Fender, em passar uma imagem de bacana para seus amigos, em impressionar a banda inteira.

Todos estavam sorrindo para ele, aplaudindo. Então, claro, foi o que fiz também.

Mesinha

Todos os dias depois das aulas, eu tinha cinco coisas na minha lista de tarefas:

1. Passear com Delilah (uma vira-lata adotada de dez anos, amorosa, desgrenhada e fedorenta).
2. Esperar por Hadley (irmã mais nova pestinha, de seis anos) no ponto de ônibus.
3. Fazer a lição de casa.
4. Ensaiar trompete.
5. Fazer o jantar.

Bem, é um certo exagero. Eu não "fazia" o jantar; só esquentava. Minha mãe trabalhava em período integral e meu pai tinha ido embora anos antes, então era minha tarefa ligar o forno e botar um dos pratos que ela tinha cozinhado e armazenado no freezer para a semana. Minha mãe estava sempre exausta quando chegava do escritório ("Totalmente destruída" era a expressão que usava), mas sempre queria ouvir todos os detalhes da escola enquanto nós três nos reuníamos na mesinha de jantar para a refeição.

E ela ouvia principalmente quando falávamos sobre amigos. Às vezes, parecia que ficava atenta para alguma coisa específica, embora eu nunca soubesse dizer o que era.

— Então a Omi gostou dos chocolates? — minha mãe perguntou naquela noite, enquanto terminávamos uma travessa de chili vegetariano.

— Que chocolates? — Hadley quis saber.

— Do aniversário dela — respondi. — Sim, ela amou...

— Era Milky Way?

— O quê?

— Era aquele de chocolate amargo? Eu *odeio* aquele tipo. Mas chocolate branco é pior. Tem gosto de sabão.

— Não, Hadley, não era Milky Way. Eram aquelas pedrinhas de chocolate...

— O *que* de chocolate?

Suspirei.

— Eram só chocolates no formato de pedrinhas, tá?

— Por que vocês deram *isso* para ela? — Hadley contorceu o rosto.

— Porque a Omi coleciona pedrinhas e outras coisas. A mãe do Max comprou em uma loja de doces chique. Deixa pra lá. — Sério, era mais difícil conversar com Hadley do que com a sra. Wardak. — Enfim, nós entregamos o presente para ela no pátio, durante o almoço. Mas aí uns garotos idiotas chegaram e estragaram tudo...

— Garotos? — minha mãe perguntou, limpando a boca com o guardanapo.

— Só uns jogadores de basquete. Você não conhece. São do nosso ano. — Eu já estava com a sensação de que tinha falado demais. O que era estranho, porque eu não tinha dito nada, na verdade. — Enfim, a Omi amou as pedrinhas de chocolate — acrescentei depressa.

— Mila, sabe o que eu quero de aniversário? — Hadley perguntou. — *Não* ganhar pedrinhas.

— Claro — falei com um sorriso. — Com certeza vamos te dar umas não pedrinhas. Vamos te dar pedras, cascalhos e rochas...

— *Eu não quero ganhar cascalho ou rocha!*

— Claro que quer. Uns bem grandões feitos de chocolate branco...

Hadley gritou e deu um tapa no meu braço. Não doeu, mas gritei "Ai" mesmo assim.

— Mila, não provoca — minha mãe repreendeu.

Sua voz estava mais aguda do que eu esperava. Até Hadley pareceu surpresa.

— Tá, tudo bem — falei. — Mas diz à Hadley para não me dar tapas!

— Nada de dar tapa — minha mãe concordou. — Hadley, pede desculpas à Mila.

— Desculpa — Hadley disse. Ela cruzou os braços e deu a língua para mim. — Mas não quero que a Mila me dê *chocolate branco*. Nem rochas.

— Vou fazer meu melhor para me lembrar disso.

Quase dei a língua para ela também. Mas não fiz isso, porque seria infantil.

Suéter

É engraçado como amigos próximos podem ser totalmente diferentes em relação a certas coisas. Quando se trata de roupas, por exemplo: Zara usava camisetas néon com frases engraçadas, mesmo nos dias mais congelantes. Max sempre usava um casaco de moletom azul-marinho desbotado com um bolso caído na frente e uma calça de moletom cinza folgada. De todos nós, Omi era a que mais prestava atenção na própria aparência; eu sabia (porque ela me contou) que todas as manhãs antes da escola ela gastava uma hora inteirinha escolhendo suas roupas e arrumando seus longos cabelos escuros. Omi não era metida, arrogante nem nada do tipo, mas se importava com a própria aparência. Quer dizer, se importava *muito*.

Quanto a mim, eu ficava em algum lugar no meio do caminho. Não escolhia uma camiseta aleatória, como Zara, mas também não me preocupava tanto com minha aparência. Meu penteado era básico, apenas um rabo de cavalo grosso, castanho-médio, de comprimento médio — mas, para ser sincera, ultimamente eu andava prestando mais atenção nas minhas roupas. Porque, por mais que ainda fosse bem baixinha, passei por uma espécie de estirão de crescimento durante as férias, e minhas calças jeans estavam ficando justas na região dos quadris. Além disso, minhas blusas estavam ficando justas no peito, apertando minhas axilas. Mas eu não queria pedir a minha mãe que me levasse para fazer compras; do jeito que ela vivia perguntando a Hadley e a mim se nós "precisávamos muito" dos nossos cereais favoritos, ou se poderíamos "fazer o xampu render" por mais uma semana, dava para saber que dinheiro era um certo problema para nós ultimamente.

Então, nos últimos tempos, eu andava usando sempre o mesmo suéter verde felpudo. Ele não só cabia na região do peito, mas também era comprido o suficiente para cobrir o cós da minha calça jeans. Vestindo o suéter, eu não precisava me perguntar sobre minha aparência, porque já sabia: basicamente parecia uma batata verde peluda.

Além disso, os pelinhos eram gostosos de encostar, tipo ir à escola coberta por um velho urso de pelúcia. Se bem que, às vezes, ficava um pouco quente demais.

É claro que Hadley me encheu o saco sobre o assunto no café da manhã.

— Mila, por que você está usando esse suéter *de novo*?

— Porque eu gosto — respondi enquanto servia um pouco de cereal de marca genérica com gosto de papelão na minha tigela.

Todos os cereais que comprávamos vinham em caixas gigantes com nomes que pareciam primos esquisitos de segundo grau dos verdadeiros cereais: Açucarilhos. Nescobol. Frut Lup. Korn Flash. O segredo era comê-los depressa, antes que pudéssemos sentir o gosto e antes que ficassem molengas por causa do leite.

Hadley nem se dava ao trabalho de pôr leite. Ela comia seu Açucarilhos seco e com gosto de papelão direto da caixa.

— Mas deve estar bem, bem fedido a essa altura. Quer que eu cheire para você?

Ela fez uma cara de cão farejador.

— Não, *obrigada* — respondi.

Minha mãe olhou por cima do café.

— Mas sério, Mila. Tenho certeza de que uma lavada nesse suéter não faria mal. Você já usou duas vezes esta semana…

— Ela usou na semana passada também — Hadley observou.

— Obrigada por registrar. — Olhei feio para ela. — Está tudo bem, mãe. De qualquer maneira, estou usando desodorante.

— Des-*odor*-ante — Hadley repetiu, rindo tanto que caiu um pouco para o lado da cadeira.

— Hadley, para de brincadeira e vai beber um pouco de leite — minha mãe falou. — Mila, ninguém disse que o suéter está fedendo.

— *Fedendo* — Hadley repetiu, ainda dando risadinhas.

Minha mãe a ignorou.

— Mas não tem como estar limpo depois de usar tantas vezes. Na sua idade, meu amor, você tem que ficar de olho na higiene. É importante.

Resmunguei alto.

— Está bem, vou lavar meu suéter depois da escola. Está todo mundo feliz agora?

— Mila... — Minha mãe suspirou.

O trabalho já estava estressante o suficiente, eu sabia. Ela não precisava de uma discussão comigo no café da manhã.

— Desculpa — falei, de repente envergonhada.

Minha mãe se levantou e me deu um beijo na bochecha.

— Está tudo bem. Talvez no fim de semana a gente possa ir às compras na Old Navy.

— Sério?

— Também quero ir. — Hadley mastigou um bocado de Açucarilhos. — Quero pijamas novos com estampa de macaco, botas de neve e um colete rosa.

— Vamos ver — minha mãe respondeu. — Não se esqueça, filha, de que estamos com a grana curta.

— *Grana* — Hadley repetiu. — É um bom nome para um hamster.

Revirei os olhos. Minha irmãzinha tinha mania de fugir do assunto.

— Hadley, não vamos pegar um hamster. Já temos um cachorro...

— *Se* a gente pegar um hamster.

— Bem, *se* a gente pegar um hamster, coisa que *não* vamos fazer, definitivamente não vamos chamá-lo de Grana!

— Meninas — minha mãe repreendeu distraidamente. Ela olhou para o relógio. — Caramba, já estou atrasada. E aquele Robert Reinhold...

Olhei para ela.

— Está falando do seu novo chefe? O que tem ele?

— Ah, ele só está dificultando as coisas. Deixa pra lá. — Ela calçou as sapatilhas pretas. — Vamos lá, pinguinho, vou te levar no ponto de ônibus. Mila, se quiser carona, é melhor que esteja pronta no segundo em que eu voltar. E, meu bem, quando chegar da escola hoje…

— Vou lavar o suéter, mãe, prometo.

Minha mãe me soprou um beijo enquanto saía com Hadley pela porta.

Abraço

Ontem, depois que a sra. Fender anunciou os líderes de seção, ela atribuiu cadeiras aos alunos com base no talento musical que via em cada um. Fiquei na segunda cadeira na seção dos trompetes. A segunda melhor, o que significava que fiquei sentada bem ao lado de Callum.

— Mas as cadeiras podem mudar ao longo do ano — a sra. Fender nos disse —, dependendo do comprometimento com os ensaios e do foco durante as aulas.

Também depende de eu decretar você como meu queridinho, acrescentei mentalmente, enquanto afastava meu suporte de partitura do de Callum.

A sra. Fender também tinha distribuído uma nova música — "Pirate Medley" —, que deveríamos começar a treinar em casa. Na pressa, me esqueci de guardar a pasta de música na mochila de manhã, o que significava que eu iria para o ensaio despreparada, já colocando em risco minha posição na segunda cadeira. Então, quando cheguei à escola, fui direto para a sala de música, na esperança de encontrar uma cópia extra da partitura.

A sala estava vazia quando cheguei. Mas, um segundo depois, Callum, Leo e Dante entraram, rindo de um jeito barulhento que, por algum motivo, fez meu estômago embrulhar. O que eles estavam fazendo ali, afinal?

Eles pararam para fazer uma rodinha estilo time de basquete perto da porta.

Fingi que não notei.

— Ei, Mila — Leo gritou do outro lado da sala.

— Ah, oi — falei enquanto vasculhava as prateleiras em busca de "Pirate Medley". — Vocês sabem onde a sra. Fender guarda as partituras extras?

— Pra quê? — Dante perguntou.

— Esqueci de trazer minha pasta. E queria dar uma olhada na "Pirate Medley" antes do ensaio de hoje.

Por que eu estava explicando? Não era da conta deles.

— Eu te empresto a minha se você der um abraço de aniversário no Leo — Dante disse.

O quê?

Olhei para Dante, depois para Leo. Talvez eu tivesse ouvido errado.

— Como é que é? — falei.

— É, Mila, hoje é meu aniversário.

Leo sorriu. Um sorriso de menino bonitinho.

— Ah, é? — duvidei.

— Ué, você acha que eu ia mentir sobre meu aniversário?

Callum assentia com a cabeça, mas não estava olhando para mim.

— É, é aniversário dele mesmo. Ele vai dar uma festa no boliche no fim de semana. Com pizza e bolo de chocolate.

— E um daqueles burros de papel machê — Dante acrescentou.

— Você quer dizer *piñata* — Leo corrigiu. — E isso é só pra criancinhas, seu idiota. Enfim, Mila, se você não quiser me dar um abraço de aniversário, tudo bem. Não fico *nem um pouco* magoado.

Dante riu e deu um tapa no ombro de Leo. Callum continuava sorrindo.

Dava para sentir minha nuca ficando suada e meu coração acelerando.

O que exatamente estava acontecendo ali? Eu só sabia que era esquisito.

E onde estava a sra. Fender? Para alguém com um *timing* perfeito, ela deveria entrar ali naquela hora.

Naquela hora.

Naquela... hora.

— Uau, Mila, você não acha que está sendo meio má? — Dante disse. — Todos nós abraçamos a Omi no aniversário *dela*, não abraçamos?

Ninguém pediu. Além disso, vocês estragaram o "O".

— A Zara deu um abraço no Leo cinco minutos atrás — Callum acrescentou. — No ônibus.

Abraçou? Bem, porque ela gosta dele, esse é o motivo.

Eu podia ouvir Zara me repreendendo. *Ai, Mila, deixa de ser criança. Eles só estão sendo amigáveis. Foi incrivelmente constrangedor, concordo, mas...*

E então pensei: *Eles não saíram da porta. Vou precisar passar por eles para sair daqui.*

Não é uma questão de escolha.

— Tá, tudo bem — falei, fingindo rir. Fui até Leo, joguei meus braços em volta dele e apertei uma vez. — Feliz aniversário.

— Suéter peludo — ele respondeu, sorrindo.

Mariposas

Zara era mais alta do que a maioria dos nossos colegas, com cabelo preto preso em um puff no topo da cabeça. Então, por mais que nossas primeiras aulas fossem em salas de lados opostos do corredor, eu a avistei no mesmo instante, quando ela estava prestes a entrar.

Será que eu deveria esperar até estarmos juntas na hora do almoço? *Talvez eu devesse*, pensei.

Só que eu estava com aquela sensação de mariposas esvoaçantes na barriga, que não era a mesma coisa que borboletas no estômago. Porque as borboletas eram suaves e bonitas, enquanto as mariposas só me davam arrepios.

Corri pelo corredor, chamando o nome dela. Ela não me ouviu logo de cara, ou talvez não estivesse totalmente acordada. Zara tinha muita energia quando conseguia despertar, mas todos nós sabíamos que ela não era muito fã das manhãs.

Quando a alcancei, puxei-a para a parede perto da porta. Ela estava vestindo uma camiseta vermelha que dizia

PROIBIDO FUNGAR. Muitas de suas camisetas eram traduções ruins; mas o pai dela as achava hilárias, então comprava aos montes.

— O que houve? — ela perguntou com a voz confusa.

— Nada — falei depressa. — Posso te fazer uma pergunta?

— Claro.

Ela bocejou sem cobrir a boca.

— Bem, isso é meio estranho, mas... — Fiz uma pausa. — Você deu um abraço no Leo hoje no ônibus? Como fizemos com a Omi ontem?

— Leo?

Zara piscou. Finalmente estava despertando.

— Por que eu faria isso? — perguntou.

— Porque é aniversário dele.

— Você está falando sobre *hoje*?

Fiz que sim.

— Mila, o Leo faz aniversário em dezembro.

— É?

Mais mariposas esvoaçantes.

— Como você sabe? — perguntei.

— Sabendo — ela respondeu, o que significava: *É claro que eu sei o aniversário do meu* crush. Zara franziu a testa. — Por que está perguntando?

— Não sei. Acho que ouvi errado alguma coisa mais cedo. Não é importante.

O sinal tocou para o início da aula.

Nós nos olhamos.

As mariposas tremulavam.

Será que eu deveria contar a Zara sobre a sala de música? Sobre Leo e seus amigos terem mentido a respeito dela? E basicamente me enganarem para que eu desse um abraço em Leo?

Eu precisava desesperadamente compartilhar aquela informação com minha amiga.

Mas algo nos olhos dela — cortante e ardente, como um tapa — me fez parar.

— Deixa pra lá — falei, animada. — Vejo você no almoço, Zara, tá bem?

— Tá legal — Zara disse, dando de ombros.

Verdade

No sétimo ano, o esquema era assim: fazíamos parte de uma "equipe" acadêmica com alunos que estudavam a mesma língua. Eu fazia espanhol, Zara e Omi faziam francês e Max fazia latim. Além disso, eu era a única de nós que estava na banda. Por isso, só ficávamos juntos — todos os quatro — em um único momento do dia, que era no almoço.

Então, durante a manhã, enquanto eu basicamente me arrastava feito uma sonâmbula pelas aulas de ciências, matemática, inglês e espanhol, não conseguia parar de repassar a cena na sala de música. A coisa toda tinha sido estranha e incômoda, então por que simplesmente não saí da sala? Ou por que não pensei em uma respostinha tosca, do tipo *Nada de abraço, mas vou tocar "Parabéns pra você" no meu trompete*? Por que não questionei o aniversário de Leo, para início de conversa? Quanto mais eu pensava a respeito, mais óbvio ficava que os garotos estavam mentindo.

E por que eu não disse a verdade a Zara? Grande parte de mim estava furiosa por não ter falado. Quando algo acontece, mesmo que seja estranho ou constrangedor, deveríamos contar aos nossos amigos, não é? Ou pelo menos sentir que *podemos* contar a eles. Então, por que me obriguei a ficar quieta? Porque não era como se *eu* tivesse feito alguma coisa da qual deveria me envergonhar, se deixarmos de lado o fato de eu ter concordado em dar um abraço idiota, o que precisava fazer para sair da sala de música.

Eu continuava dizendo a mim mesma que estava tentando proteger os sentimentos de Zara. Porque nós duas éramos amigas muito próximas; então, obviamente, eu sabia o quanto ela gostava de Leo, o quanto ela temia que ele não retribuísse o sentimento. Também sabia que, por trás da Zara barulhenta, brincalhona e compositora, havia uma Zara supersensível, que chorava com os filmes da Disney e que tinha uma ideia maluca de que era feia (alta demais, magra demais, alguma coisa demais). E se eu tivesse lhe contado que, depois de abraçar Omi ontem, Leo (por algum motivo misterioso) queria *me* abraçar, ela com certeza se sentiria péssima. Então, era realmente verdade — ou ao menos parte da verdade — que eu tinha me impedido de falar porque não queria magoá-la.

Além disso, Zara tinha outra característica: se estivesse magoada, era capaz de ser um pouco má. Depois ela sempre se desculpava, mas não podia desdizer o que já tinha dito.

Por exemplo: uma vez, nas férias passadas, quando estávamos na piscina da cidade juntas, ela se recusou a sair do banheiro porque Leo estava nadando na parte funda e ela não queria que ele a visse de maiô.

— Ele vai achar que sou um palito de dente, Mila — disse.

Ela riu, mas de um jeito meio assustado.

— Ah, fala sério, quem liga pro que ele acha? — falei.

— *Eu* ligo. — Seu rosto se contraiu. — E, Mila, você pode, por favor, *tentar* não ser tão imatura? Ou pelo menos fingir, como você costuma fazer?

Era totalmente injusto, e nós duas sabíamos disso.

É claro que logo depois ela me pediu desculpas e eu a perdoei. Mas ainda assim.

Zara era uma amiga divertida e carinhosa, mas era capaz de dizer coisas ruins. E, depois da história do abraço na sala de música, talvez eu só não quisesse arriscar outra conversa estranha.

Sorte

Durante a manhã inteira, observei os garotos do basquete de canto de olho. Era estranho como nenhum deles olhava para mim, como se talvez o abraço nunca tivesse acontecido. A outra possibilidade era que o abraço tinha *mesmo* acontecido, mas era apenas um pontinho insignificante no dia deles e já tinha sido esquecido. Afinal, disse a mim mesma, o grupo dos garotos basicamente me ignorava antes daquela manhã, então possivelmente fosse apenas voltar a me ignorar dali em diante.

Tirando aquela hora, no corredor, pouco antes do terceiro tempo, quando pensei que Dante pudesse ter esbarrado em mim de propósito. Talvez. Os corredores estavam lotados, e sempre havia um empurra-empurra nas escadas, então não tinha certeza absoluta de que ele poderia ter evitado.

Mas, quando olhei para ele, vi um sorrisinho se abrir em seu rosto. Embora talvez estivesse apenas pensando em alguma piada.

Quer dizer, eu não tinha *certeza* de que ele estava sorrindo por ter esbarrado em mim. Não estava nem totalmente certa de que ele estava *sorrindo*. Ou que percebeu que esbarrou em *mim*.

Mas, em seguida, senti pequenos movimentos aleatórios na minha barriga, quase como soluços.

Finalmente, o sinal tocou para o almoço e encontrei Omi na fila do refeitório para pegar iogurte. Ela morava com os avós, que sempre faziam o maior fuzuê em aniversários e feriados, e, enquanto nós duas caminhávamos em direção ao pátio, Omi descrevia o banquete de aniversário que sua *abuela* tinha preparado para ela no dia anterior, todos os presentes que tinha ganhado, o bolo com aquela vela que solta faísca.

— Você é tão sortuda, Omi — disse a ela.

Ela sorriu.

— Pois é, né? E eles já estão planejando minha *quinceañera*.

— *Estão?* Mas é daqui a três anos!

— Bem, minha *abuela* é muito organizada. Ela já escolheu o vestido que vai usar.

Eu tentei, mas não conseguia imaginar. Nossa casa era um caos em comparação à de Omi, como se vivêssemos dia após dia, refeição após refeição, praticamente sem nenhum plano. Eu sabia que minha mãe estava trabalhando pesado o tempo inteiro e, mesmo assim, só tínhamos dinheiro para comprar o cereal barato. Então, não é como se eu a culpasse por nada daquilo.

Mas eu não podia deixar de me perguntar como seria morar na casa de Omi, com dois adultos prestando atenção em cada coisinha que você queria ou fazia. Planejando festas com anos de antecedência.

Seria melhor? Ou difícil, mas de um jeito diferente?

— Aah, Mila, quase esqueci, olha isso! — Omi enfiou a mão no bolso, abriu-a e me mostrou uma peninha vermelha. — É de um sanhaçu-escarlate. Tia Rosario a encontrou na República Dominicana e trouxe para mim. Não é bonita?

— É — falei, me perguntando como seria ter tias que trazem penas de pássaros de presente. E também ser o tipo de pessoa que as coleciona.

De repente, Tobias correu até a gente.

— Ei — ele chamou, tão alto que me fez encolher. — Oi, Omi. Oi, Mila.

— Oi — Omi respondeu com a voz leve e fina que ela andava usando quando falava com garotos.

Então enfiou a pena de volta no bolso.

Dei uma olhada em Tobias. Ele era menor do que os outros garotos do basquete, mais magro, com uma penugem escura no lábio superior e algumas espinhas rosadas na testa. Tobias tocava trombone na banda, mas era o único garoto do basquete que não estivera na sala de música de manhã. Então, eu não sabia bem como responder. Se é que devia responder.

E ele estava sorrindo. Não para Omi. Para mim.

— E aí, Mila, posso ganhar um abraço? — perguntou.

— Como é? — rebati friamente, fingindo não perceber a surpresa de Omi.

— Que nem você deu no Leo, sabe.

Sua boca ainda sorria, mas os olhos corriam de um lado para o outro, como se quisesse saber quem estava observando. E sua voz vacilou um pouco. Será que estava nervoso com alguma coisa?

Omi pareceu confusa.

— Mila, espera. Você abraçou o Leo...?

— Porque ele me disse que era aniversário dele. — Dava para sentir minhas axilas começarem a pingar. — O que era mentira. E ele pediu um abraço de aniversário, o que me deixou muito irritada, na verdade. Não estou entendendo por que *você* quer um abraço, Tobias. A não ser que seja *seu* aniversário falso também.

— Não — ele disse. Um rubor ia subindo por seu pescoço. — É só para dar sorte.

— Sorte? — Omi repetiu.

— É, para o nosso jogo. Ontem, quando todos nós abraçamos você — Tobias acenou na direção de Omi —, os caras que encostaram no suéter da Mila marcaram um recorde pessoal. Então decidimos que os pelinhos verdes da Mila eram mágicos. Ou algo do tipo.

Caí na risada.

Sério? Era *aquele* o motivo do abraço? O *jogo de basquete* idiota deles?

Não, era mais do que idiota. Mas também, de um jeito que eu não conseguia explicar, um grande alívio.

— Tobias, não tem como meu suéter fazer alguém marcar pontos no basquete — falei.

— Não, não, Mila, eu acho que ele faz, sim — Tobias insistiu. Mas o jeito como ele falou parecia mais uma pergunta. Como se estivesse tentando se convencer. — Ele é feito do quê, afinal?

— Acho que é de angorá — Omi falou.

— *Lã* gorá? — Tobias perguntou.

— Não, *an.* Seja lá o que for isso.

Ela riu.

Claro que eu sabia que não era de angorá. Era um tecido sintético, que dava para jogar na máquina de lavar. Mas provavelmente significava que era barato, então fiquei quieta.

— Bem, seja lá do que for seu suéter, Mila, posso ganhar um abraço, por favor? — Tobias perguntou depressa.

Ele parecia ter mudado de ideia e só querer ir embora. Dava para vê-lo olhando para os garotos reunidos debaixo da cesta de basquete, esperando por ele para começar o jogo. Leo fez um movimento de "vai logo" com o braço para Tobias: *Vamos lá, estamos esperando*.

— Não, Tobias, não pode — falei. — Desculpa.

Ele se encolheu.

Não pude evitar; senti pena dele.

Sem pensar, estendi meu braço esquerdo.

— Mas acho que não tem problema se você tocar na manga — acrescentei.

— Maneiro — Tobias disse.

Ele esfregou meu cotovelo como se fosse a lâmpada do gênio.

Mas então, antes que eu percebesse o que estava acontecendo, ele me envolveu com os braços e apertou com tanta força que por um segundo fiquei sem fôlego.

Debaixo da cesta de basquete, os garotos vibraram.

Uma mariposa tremulou na minha barriga. Duas mariposas.

— Valeu — Tobias murmurou.

Ele correu para se juntar aos garotos do basquete, que deram tapinhas em suas costas e disseram coisas que não consegui ouvir.

Zara e Max tinham se juntado a nós, embora Max estivesse parado atrás de Zara, como se talvez quisesse fugir.

— O que foi *aquilo*? — Zara perguntou.

Ela fez o tipo de cara que se faz quando algo está fedendo.

Omi deu de ombros.

— Os garotos acham que o suéter da Mila dá sorte.

— Para o basquete — acrescentei depressa. — É idiota.

Zara bufou.

— Por que eles achariam *isso*?

Tentei olhar para Max, mas ele se virou, observando algo ou alguém do outro lado do pátio.

— Vai saber — falei. — Eles têm uma superstição idiota.

— Ou talvez o Tobias só goste de você, Mila — Omi disse num tom provocador.

— Não, o Callum gosta da Mila — Zara declarou.

— De mim? — De onde foi que ela tirou *isso*? Fiz um som tipo *pffff*. — Zara, tenho certeza de que ele não gosta de mim, ok? O Callum é um babaca comigo na banda. Mas, mesmo se ele gostasse, o que isso tem a ver com o Tobias?

— Talvez *os dois* gostem de você — Omi disse.

Ela estava sorrindo.

— Tá, isso é loucura — falei. — De qualquer maneira, eu *disse* ao Tobias que ele não podia me abraçar, mas ele abraçou mesmo assim.

Zara chutou algumas pedrinhas.

— Bem, Mila, ninguém pode te abraçar se você não deixar — ela falou, sem sorrir, sem olhar para mim.

Ônibus

Em geral, minha mãe me levava de carro para o colégio, que ficava no caminho para seu trabalho, e eu pegava o ônibus escolar de volta para casa. Eu não morria de amores pelo ônibus — era barulhento, de vez em quando aconteciam brigas nele, muitas vezes havia provocações —, mas era o jeito mais rápido de chegar em casa para ver minha cadela Delilah, que estava sempre desesperada para fazer xixi.

E, naquela tarde, quando entrei no ônibus 6 sentido oeste, só pude sentir alívio. Tinha sido um dia longo e estranho — o abraço na sala de música, a explicação de Tobias, ele me abraçar depois de eu ter dito não. E ainda tinha Zara, que ficou muito esquisita comigo na hora do almoço. Quanto mais eu pensava, menos era capaz de explicar exatamente o que havia de estranho no comportamento dela — como de costume, ela reclamou da mãe, cantou uma música que estava compondo (chamada "Traidor") e insistiu que nunca ganharia um solo no coral (apesar de nós jurarmos que ela tinha uma voz ótima). Mas, ainda assim, todas as vezes que o olhar de Zara encontrou o meu, quase senti algo gelado me atravessar, assim como se espera que ver um fantasma nos dê arrepios.

Então, foi um alívio finalmente entrar no ônibus. E, como fui a primeira, peguei meu banco favorito para deixar os pensamentos livres: última fileira, janela esquerda.

Foi um erro.

— Ei, valeu, Mila, você guardou lugar pra gente! — Leo gritou quando ele e os garotos do basquete chegaram ao ônibus.

Meu coração batia forte enquanto eu olhava para fora da janela, fingindo não ouvir.

— Vou sentar do lado da Mila, tá? — Dante disse, embora não estivesse claro para quem estava perguntando. Ele se jogou no assento, sem tirar a mochila, que bateu na lateral do meu corpo. — Tudo bem por você, né, Mila?

— Por que não? — Leo perguntou. — Ela gosta da gente. — Ele pegou o banco na minha frente, virou-se e sorriu. — Você gosta mesmo da gente, né, Mila?

Três fileiras à frente, Annabel Cho e Samira Spurlock observavam. Assim como Hunter Schultz, que no ano anterior implicou com Max até ele contar ao vice-diretor.

— Não ligo nada pro que vocês fazem — murmurei. — Qualquer um de vocês.

— Viu só? Ela está de boa. Eu disse — Leo comentou com Tobias, que sorria, embora seu pescoço estivesse ficando vermelho.

Callum sentou-se do outro lado do corredor. Seu cabelo castanho desgrenhado cobria os olhos, e ele não disse nada.

Annabel sussurrou algo para Samira, que assentiu.

O ônibus começou a andar.

Assim que saímos do estacionamento e viramos a esquina, senti o ombro de Dante bater contra o meu. Ele estava vestindo shorts de corrida; suas pernas estavam abertas em um ângulo de quarenta e cinco graus, então ele ocupava dois terços do banco.

Parecia errado e injusto. Quer dizer, tudo que eu sabia sobre Dante Paul era que sua família era do Haiti e que, supostamente, ele era uma espécie de gênio da informática. E agora suas pernas nuas estavam roçando na minha calça jeans.

Fingi não notar no primeiro quarteirão. E no segundo. E no terceiro.

Mas, quando o ônibus passou por um buraco gigante, seu braço esbarrou no meu peito.

— Ei, Dante, olha o braço — repreendi. — E, por favor, chega pro lado, tá?

Dante pareceu surpreso. Talvez surpreso demais.

— Você quer que eu chegue pro lado?

— Quero. A gente deveria dividir esse banco em partes iguais, né? E eu estou sendo esmagada.

— Ah. Desculpa — ele disse.

No mesmo instante, pensei: *Ok, Mila, você está sendo paranoica. O banco não é largo o suficiente; ele não está te esmagando de propósito. E aquele buraco não foi culpa dele.*

Só que a questão era: ele não saiu do lugar. Suas pernas continuaram abertas e seu ombro não parava de bater em mim.

Bate. Bate. Bate.

Cada batida parecia queimar minha pele.

Quando estávamos chegando no meu ponto, me virei para ele.

— Dá licença, Dante — pedi. Minha voz era um chiado. — Vou descer agora. Então você precisa se levantar, tá?

— Quê?

Ergui minha voz, mas ela não ficou apenas mais alta. Ficou mais chiada.

— Digo, para me deixar passar. Estamos no meu ponto agora, preciso descer…

Leo se virou.

— Não tem problema. Mila, você pode passar por ele. É só se espremer.

Tobias e Dante deram risadinhas. Callum não disse nada. Hunter, Annabel e Samira me encararam.

Congelei; não conseguia sair do banco.

— Rua Fielding — o motorista do ônibus gritou. — Vamos andando, pessoal.

Meu rosto estava pegando fogo. Eu me levantei para passar por Dante, que jogou as pernas no meu caminho como se estivesse me impedindo de fazer uma cesta no basquete.

Assim que cheguei ao corredor, ouvi a voz de Callum atrás de mim.

— Ei, Mila, veste seu suéter peludo amanhã — gritou enquanto os outros garotos caíam na gargalhada.

Espelho

Normalmente, eu tinha que pegar Hadley no ponto de ônibus, mas ela havia marcado de brincar na casa do amigo Tyler naquele dia. Portanto, quando cheguei em casa, tinha o espaço todo para mim, a primeira coisa boa naquele dia inteiro.

Assim que tomei um copo de água e comi um punhado de Korn Krunch (um tipo de petisco doce e grudento de marca genérica que minha mãe sempre comprava), fui até o banheiro e encarei o espelho.

O que os garotos estão vendo?

Meu suéter ia até a clavícula e descia até meus quadris. Não havia nada à mostra ou saliente.

Eu tinha peitos e bunda, sim, assim como muitas das garotas do sétimo ano, mas ninguém nunca tinha feito nenhum comentário sobre eles. Não na minha frente, pelo menos.

Eu não era gorda, nem tão magra quanto Zara. Não era feia, nem tão bonita quanto Omi. Até onde sabia, tinha uma aparência mediana, na verdade. Em se tratando de meninas do sétimo ano, eu ficava bem ali no meio.

Será que as pessoas —
e, por pessoas, quero dizer os garotos do basquete —
estão vendo algo em mim que não consigo ver?
Estou deixando passar alguma coisa a meu respeito?
Alguma coisa óbvia?

Treino

Durante o jantar, Hadley nos contou sobre um garoto da turma dela que comeu um gafanhoto.

— Mas ele provavelmente não *engoliu* — acrescentou.

— Isso não melhora a situação — informei. — Se ele mastigou...

— Meninas — minha mãe disse. — Isso não é assunto para se falar na mesa.

Ela franziu a testa ao ouvir o toque de mensagem do celular, então se levantou e foi até o quarto.

— Bem, mas se ele não engoliu, não está no *estômago* dele — Hadley argumentou.

— Aham — falei, desistindo.

Fiquei sentada ali por mais dez minutos, mas minha mãe não voltou, então Hadley e eu tiramos a mesa. Depois, passei uma água nos pratos e talheres e os coloquei na lava-louça. Talvez minha mãe tivesse recebido uma mensagem do meu pai; ele havia saído de casa um pouco depois de Hadley nascer, mas eu sabia que eles ainda brigavam por dinheiro.

"Pensão", ouvia minha mãe dizer por trás da porta fechada do quarto. Aos gritos, às vezes.

Eu sempre pensava: *Como alguém se esquece de sustentar um filho?*

Mesmo alguém como meu pai, que não era muito presente até quando morava ali. E, quando *estava* presente, vivia gritando.

Mas com minha mãe. Nunca comigo.

O problema do meu pai, porém, era que ele também conseguia magoar sem gritar. Certa vez, quando eu tinha mais ou menos cinco anos, me lembro de ter implorado para que ele me carregasse nas costas, e meu pai disse: "Não, Mila, você está ficando muito pesada. Se quer que eu brinque com você, fique longe dos biscoitos!" Minha mãe o repreendeu, e ele simplesmente riu. O que foi a pior parte, se for parar para pensar.

No primeiro ano, vesti uma fantasia de jujuba de cereja no Halloween, e meu pai disse: "Bem, parece que os dias de bela princesa da Mila estão acabados." Quando comecei a chorar, minha mãe me abraçou e disse: "O papai só está reparando que você não usa mais fantasias de princesa, não que você não é bonita!" E meu pai não disse *Ah, Mila, é claro que foi isso que eu quis dizer!* Ele não disse nada, na verdade.

Eu me lembrava de muitas outras vezes em que meu pai dizia coisas maldosas, ou coisas que ficavam no limite da maldade. Ou não dizia nada quando deveria ter dito alguma coisa. Até que, por fim, ele simplesmente fez as malas e foi embora. Tirando um presente de aniversário quando fiz seis anos, não tive mais nenhuma notícia dele, nunca.

Então, a verdade era que, mesmo se eu quisesse me sentir mal por sua partida, mesmo se eu tentasse sentir saudades, não conseguia.

* * *

Fui para o quarto e fechei a porta.

O cômodo era bem pequeno — só tinha espaço para uma cama, uma cômoda e uma escrivaninha —, mas, com as cortinas verde-claras e a colcha de margaridas que minha mãe tinha encontrado no verão passado em uma venda de garagem, era um ambiente alegre e aconchegante. A melhor parte dele, porém, talvez fosse o fato de ser meu: um refúgio sem Hadley, um lugar para praticar meu trompete com privacidade.

Era o que eu estava planejando o jantar inteiro. Abri o estojo de música, tirei meu trompete e limpei o bocal com o paninho cinza. Assim como Emerson tinha me ensinado no verão, primeiro aqueci com algumas notas longas.

Depois, tirei minha partitura de música da escrivaninha, onde eu tinha deixado na noite anterior. "Pirate Medley" estava bem por cima, esperando por mim.

Respirei fundo.

Nenhuma música que toquei no ano anterior inteiro, incluindo as férias com Emerson, tinha me dado trabalho. Mas aquela peça tinha um dedilhado complicado e notas estranhas, que eu precisava segurar até ficar tonta. Além disso, quase não havia pausas, então, uma vez que se começava, era preciso tocar até que os lábios ficassem dormentes e os pulmões entrassem em colapso.

E a questão era: com Callum bem ao meu lado, eu sabia que poderia só fingir tocar, como alguns alunos faziam. Ele tocava tão alto que mal dava para ouvir os outros trompetes, de qualquer maneira.

Mas aquela ideia — deixar Callum tocar *por* mim, basicamente — fazia minha pele formigar. Porque eu me importava com o trompete. Talvez não fosse a melhor trompetista (de acordo com a sra. Fender), mas com certeza era boa.

E se aquela tal de "Pirate Medley" fosse difícil, então eu só precisava treinar, disse a mim mesma.

Várias vezes.
Até que meus dedos saibam exatamente o que fazer
e tudo no meu quarto desapareça.
Tudo na minha cabeça também.
E tudo que eu veja
seja o céu aberto e azul.

Xadrez

No dia seguinte, fui tomar café da manhã de pijama.

— Mila, por que você ainda não se arrumou? — minha mãe me repreendeu. — Preciso chegar cedo no trabalho para conseguir ir à aula de ginástica hoje à noite.

— Você está fazendo aula de ginástica? — perguntei. — Desde quando?

— Na verdade, é Pilates, naquele lugar novo na cidade. Eles estão oferecendo aulas de graça para fazer as pessoas se matricularem. Mas meu chefe disse que eu precisava estar na minha mesa às oito se estivesse planejando sair do trabalho às quinze para as cinco. — Ela mordiscou o bagel. — E não muda de assunto, por favor. Por que você ainda está de pijama?

Hadley mastigou seus Açucarilhos secos.

— Acho que a Mila se esqueceu de lavar o suéter dela, é por isso — comentou num tom meio de fofoca.

Olhei feio para minha irmã mais nova.

— Para sua informação, não esqueci, tá?

Era verdade. Na noite anterior, depois de terminar meu treino de trompete, coloquei meu suéter na máquina de lavar. Lavei a peça sozinha, para que não espalhasse pelinhos verdes em tudo.

Quando terminou de lavar, coloquei na secadora por quarenta minutos.

E, quando secou, enfiei o suéter no canto do meu armário, por baixo de umas calças jeans velhas que eu tinha parado de usar dois anos antes.

— Só me cansei de usar ele — falei. — E nada cabe mais em mim. Mãe, você disse que a gente ia fazer compras no fim de semana…

Minha mãe tomou um gole do café.

— Bem, esse é o plano, meu amor. Espero que a gente consiga. Talvez eu precise ir ao trabalho rapidinho.

Sério? Mas ela nunca trabalhava nos fins de semana.

— Pra quê? — perguntei.

— Umas coisas extras. Talvez só por uma ou duas horas. Não se preocupe.

— Não estou preocupada. Só quero ir na Old Navy. Como você *prometeu*.

A cara feia que minha mãe fez para mim me fez perceber que eu tinha soado mais atrevida do que pretendia. Opa.

— Enfim — acrescentei depressa —, até *realmente* irmos às compras, posso pegar alguma coisa emprestado?

— Você quer dizer roupa minha? — minha mãe perguntou.

Assenti.

Minha mãe apoiou a xícara na mesa.

— Mila, por que você quer usar minhas roupas? Elas não servem para a escola.

— Bem, é, as coisas de trabalho não servem — concordei. — Mas e aquela camisa xadrez vermelha...

— Está falando daquela que usei para pintar o banheiro?

Assenti.

— Em primeiro lugar, ela ainda está com respingos de tinta.

— Não ligo.

— E em segundo lugar...

— Ela parece uma toalha de mesa. — Hadley começou a dar risadinhas. — Ou uma coberta para a caminha da Delilah.

Minha mãe sorriu.

— Não parece, não. É só uma camisa de flanela velha e confortável. Mas, sério, Mila, tenho *certeza* de que é grande demais pra você!

— Bem, eu acho boa o suficiente — argumentei. — De qualquer maneira, vou usar por cima de alguma coisa. Então *é pra* ser grande.

— Acho que pode ficar bom — minha mãe cedeu. Dava para ver suas engrenagens maternas funcionando. — Mas por que você quer isso? Seus amigos estão criticando suas roupas?

Sacudi a cabeça.

— É a Omi? Meu amor, eu sei que os avós dela gostam de comprar coisas legais para ela...

— A Omi é a mais bonita — Hadley anunciou.

— Não tem nada a ver com a Omi — falei rapidamente. — Eu só odeio todas as minhas roupas, nada cabe, e eu quero muito, *muito mesmo*, usar aquela camisa. Acho que vai ficar legal. *Por favor?*

Minha mãe deu uma olhada no relógio.

— Tá, tudo bem, Mila. Mas estou falando sério, precisamos sair daqui a dois minutos, ou vou ouvir poucas e boas do Robert.

— Que Robert? — Hadley perguntou.

— Meu novo chefe, querida. Robert Reinhold.

— O nome dele tem som de *rrrrrr*. Tipo um rosnado — Hadley disse, e fez uma cara de cachorro rosnando.

— Tem mesmo, Had. — Minha mãe suspirou. — Então, Mila, só se arruma bem rápido, tá? E pega uma barrinha de cereal para o café da manhã. Você pode comer no carro…

— Ei, por que a Mila pode comer uma barrinha de café da manhã? Dentro do *carro*? — Hadley protestou.

Porque vou vestir uma toalha de mesa.

Cedo

Cheguei na escola vinte e cinco minutos mais cedo. Quando a sra. Wardak me viu no corredor, na frente da sala trancada, perguntou se não tinha "outro lugar" onde eu pudesse estar.

— Na verdade, estou de boa aqui — disse a ela.

— Mocinha — a sra. Wardak retrucou. — Não dê uma de atrevida comigo, ou levo você ao sr. McCabe. É isso que você quer?

Fiz que não. O sr. McCabe, o vice-diretor, tinha um rosto rosado e carnudo e um olhar que dizia: "Não mexa comigo." Eu sabia que ele não era malvado, nem nada; afinal, ele tinha impedido Hunter de incomodar Max no ano passado. Mas ele ainda era responsável pelos castigos, então eu definitivamente não queria ser levada até ele.

E, para dizer a verdade, eu não *pretendia* falar daquele jeito com a sra. Wardak. Talvez houvesse algo diferente na minha voz também. Não seria surpreendente — ultimamente, era como se eu estivesse perdendo a noção de mim mesma. Da minha aparência. De como eu soava.

— Desculpa — murmurei. — Só quis dizer que estou bem. Aqui. Esperando para entrar na sala.

— Bem, isso não vai acontecer tão cedo, então encontre um lugar para *estar* — ela disse. — Um corredor não é um lugar.

Quase perguntei o que era, então, já que não era um lugar — mas havia uma boa chance de a sra. Wardak pensar que era mais um atrevimento.

Fui ao banheiro feminino do primeiro andar, mas um zelador chegou para limpá-lo e tive que sair. Eu sabia que o refeitório não era uma possibilidade; Hunter Schultz e alguns de seus amigos ficavam por ali de manhã, jogando Magic até a hora de ir para a sala de aula. E, depois dos problemas de Max no ano anterior, eu sabia que deveria ficar longe de Hunter.

Quando avistei a sra. Wardak dando meia-volta para o meu corredor, tomei uma decisão rápida: eu iria para a sala de música, mas só se a sra. Fender estivesse por lá.

Não havia a menor possibilidade de voltar para lá sozinha, mesmo que não estivesse vestindo O Suéter.

Banda

— **Bom dia, Mila!** — a sra. Fender me cumprimentou.

Ela estava usando um vestido azul com rosas amarelas, e seu cabelo cor de mel estava solto sobre os ombros. Às vezes eu tentava chutar a idade dela, mas era difícil adivinhar. Pelo que sabia, ela tinha filhos.

O que era engraçado de se pensar, na verdade, levando em conta seus alunos favoritos. Talvez, como mãe, ela tivesse bebês favoritos também. *Você pode ficar com este chocalho, mas* você *só pode assistir...*

— Oi — falei. — Cheguei cedo hoje. Tudo bem se eu treinar até a hora de ir para a sala?

Ela tomou um gole de sua garrafa d'água chique. Era branca, com redemoinhos cinzentos que faziam parecer mármore, e tinha uma tampa giratória feita de metal. Eu me perguntei se a sra. Fender tinha comprado ou ganhado de presente; era difícil imaginá-la como o tipo de pessoa que gastava dinheiro com garrafas com estampa de mármore.

— Claro, Mila — ela disse gentilmente. — Você é sempre bem-vinda aqui. O que está achando de "Pirate Medley"?

— Está ok. Embora a parte do meio seja um pouquinho difícil.

— Bem, fique de olho no seu líder de seção. O Callum aprendeu o dedilhado direitinho. Posso pedir para ele mostrar a você…

— Não, está tudo bem — interrompi.

A sra. Fender ergueu as sobrancelhas perfeitamente definidas. Nós deveríamos seguir o líder, que no meu caso era o Queridinho Número Três. Por um segundo, pensei que ela fosse me lembrar daquilo, mas, na verdade, ela comprimiu os lábios.

A porta se abriu e a Queridinha Número Um entrou. Samira Spurlock cumprimentou a sra. Fender, depois foi até sua cadeira. Ela abriu a mochila, tirou uma partitura e a levou até a sra. Fender.

— Meu irmão mais novo derramou cola na mesa todinha ontem à noite — Samira disse. — Todos os meus papéis estão grudados. Posso pegar uma partitura nova de "Pirate Medley", por favor?

— É claro — a sra. Fender respondeu. — Também cresci com um irmão mais novo, então sei como é. — Ela piscou para Samira. *Piscou* mesmo. — Deixa eu fazer uma cópia para você, querida. Um segundo.

Ela pegou a partitura de Samira e saiu da sala.

A garota olhou para mim por trás de seus óculos azuis. Seus olhos e suas longas tranças eram dois tons mais escuros do que sua pele marrom; ela era bonita e tinha cara de inteligente. E não só por causa dos óculos azuis.

— Foi estranho o que aconteceu no ônibus ontem — ela anunciou de repente.

Engoli em seco.

— É. Foi.

— Por que aqueles garotos estavam te provocando daquele jeito?

— Não sei mesmo.

Ela franziu a testa.

— Se fosse comigo, eu não deixaria.

— Você acha que eu *deixei*?

— Só estou dizendo que você não precisa tolerar coisas desse tipo, Mila. É realmente muito errado, sabia?

Talvez eu estivesse interpretando coisas demais, mas meio que parecia que Samira estava dizendo que toda a situação no ônibus tinha sido culpa minha.

— Eu não "tolerei", Samira — falei, engasgada. — Pedi ao Dante para chegar para o lado e ele se recusou. O que mais eu deveria ter feito?

Naquele momento, Callum entrou na sala de música. Samira olhou para ele de lado e jogou as tranças por cima do ombro.

Callum fingiu não ter notado nenhuma de nós. Ele apenas andou até sua estante, afastou o cabelo dos olhos, pegou sua partitura e seu trompete e começou a tocar escalas. Bem alto.

Eu queria ignorá-lo assim como ele estava ignorando Samira e eu, mas era impossível. Ele estava tão *presente* na sala de música, o som do trompete dominava todo o espaço. Era como se todas as moléculas de ar pertencessem a Callum.

E a parte mais estranha era: por mais que o jeito como ele tocava fizesse eu me sentir praticamente expulsa da sala, era difícil pensar nele como um garoto do basquete grosseiro ou um dos babacas do ônibus naquele momento. Quer dizer, o que acontecera no dia anterior era verdade, obviamente. Outras pessoas também tinham visto — Samira, por exemplo.

Mas, ao ouvir Callum tocar, ao ver a nítida concentração em seus olhos, disse a mim mesma que talvez, lá no fundo, ele não fosse igual aos amigos idiotas. Ele era uma pessoa séria. Um músico de verdade, que de fato merecia ser o líder da seção dos trompetes.

E, de acordo com Zara, Callum gostava de mim, o que eu não achava que fosse verdade. Mas seria possível? Porque, se Zara estivesse certa, quase explicaria por que ele agia dessa forma — não começava as provocações, não fazia muito a respeito, mas ia na onda dos amigos idiotas para que talvez não adivinhassem a verdade.

Se é que *era mesmo* a verdade.

Eu duvidava, de qualquer maneira.

O sinal tocou, anunciando o início das aulas.

Samira suspirou.

— Bem, não posso ficar esperando a sra. Fender — ela disse, quase para si mesma. — Vou pegar a partitura mais tarde, acho.

Ela pegou a mochila para sair da sala. Enquanto eu a seguia porta afora, senti algo roçar nas minhas costas.

Não, não nas minhas costas. Mais para baixo.

— Ei, Mila — Callum murmurou no meu ouvido. O rosto dele estava diferente. Não estava sério. — Você mudou de roupa. Sua bunda ficava melhor naquele suéter verde.

Cesta

— **Acho que peguei** alguma coisa — eu disse a Max.

Estávamos no refeitório nos servindo de burritos de frango com molho extra.

Max às vezes agia como se seu cérebro estivesse assistindo a um vídeo no YouTube em vez de vivendo a realidade.

— "Pegou alguma coisa"?

— É, acho que eu estou ficando doente. Meio doente. Enfim, acho que vou ficar na biblioteca hoje, não vou lá para fora.

— Mas está tão bom lá fora. E, se você não for, a gente não vai te ver o dia inteiro.

— Eu sei, mas...

Dei de ombros.

De repente, Max olhou para mim através de seu cabelo comprido e bagunçado. Ele definitivamente estava prestando atenção.

— É por causa daqueles garotos? — perguntou.

Dei uma mordida no burrito.

— Que garotos?

— Você sabe. Os garotos que fizeram aquela coisa do abraço no aniversário da Omi, e aquele negócio no pátio ontem. Especialmente o Tobias...

Engoli em seco. O quanto Max sabia? Ele não tinha visto o abraço na sala de música, nem estava no ônibus. E no pátio, na hora do almoço do dia anterior, ele agiu como se nem tivesse percebido nada.

Mas é claro que ele perceberia. Max estava atento a provocações desde o ano anterior, quando Hunter Schultz o chamava de "gay", "Absorvente Noturno" e um monte de outras coisas. Até que, finalmente, eu o convenci a contar tudo ao sr. McCabe, que fez os pais de Hunter irem até a escola para uma reunião. Durante todo o restante do sexto ano, Hunter não teve permissão para ficar a menos de seis metros de Max e, até o momento, ele mantinha distância. Mesmo assim, eu sabia que Max ficava apreensivo.

— *Meio* que tem a ver com os garotos — admiti, lambendo o molho na minha mão. — Mas eu também estou com cólica.

Falei aquilo porque Max mudava de assunto toda vez que Omi, Zara e eu caíamos no papo sobre menstruação. Mas acho que ele não acreditou em mim.

— Porque você sabe que eu poderia te ajudar — Max disse enquanto pegava um monte de guardanapos e me dava alguns. — Lembra do ano passado, aquela coisa com o Hunter? E como você não deixava eu simplesmente me esconder na biblioteca?

— É claro que lembro. E não estou me escondendo...

— Olha, Mila, eu vou com você se quiser reclamar deles na direção. A gente poderia fazer isso agora mesmo.

— Obrigada, mas não — falei depressa. — E não é a mesma coisa, de qualquer maneira. Quer dizer, como foi com você e Hunter. Mas, sério, obrigada.

Max fez uma careta enquanto mastigava ruidosamente uma maçã.

Omi e Zara vieram correndo na nossa direção.

— MeuDeusdocéu, estou tão nervosa que poderia vomitar! — Zara gritou.

Sua camiseta dizia SE NÃO DANÇAR, VOCÊ DANÇA. O que, por um segundo, quase fazia sentido.

— Hoje tem teste no coral — Omi explicou. — Para os solistas, logo depois do almoço. E, Zara, por favor, guarda o vômito lá pra fora.

— Vou *tentar* — Zara disse. — Mas vamos logo dar o fora daqui! — Ela agarrou meu braço com dedos suados. — Mila, diz alguma coisa positiva.

— Ok, estou *positiva* de que você vai se sair muito bem — declarei, enquanto dava uma mordida desajeitada no burrito.

— Está? Sério? Me diz por quê!

— Porque você tem uma voz linda e todo mundo sabe disso. E se você não conseguir um solo, vou boicotar a apresentação.

— Eu também — Max disse. — Vamos levar cartazes...

— Vamos fazer greve — Omi acrescentou.

Zara deu risadinhas nervosas.

— Ai, gente. Vocês são os melhores. Continuem me distraindo, tá? Mas só digam coisas *positivas*.

Ela ainda estava agarrando meu braço enquanto nos conduzia pela porta do refeitório em direção ao pátio. Eu precisava admitir que era ótimo estar sob o sol quentinho, não me escondendo sozinha na biblioteca. Afinal de contas, quantos dias agradáveis e ensolarados de outono ainda nos restavam? As noites já estavam ficando frias, e as folhas estavam começando a ficar amarelas e alaranjadas.

Nós quatro estávamos indo para nosso lugar de sempre — perto das pedrinhas — quando, de repente, Zara parou.

— Ei, querem saber? Acho que vou fazer umas cestas hoje.

— Você quer dizer jogar basquete? — perguntei. — Com os garotos?

— Por que não? — Zara era mais alta do que todos eles, e era uma boa atleta. Muito boa, na verdade. — Estou tão agitada! Talvez ajude gastar um pouco de energia.

— Ok, mas eu só... não sei se eles jogariam com uma garota — comentei.

Zara parecia indignada.

— Por que não jogariam?

— Eu só... acho que eles podem ser estranhos. Em relação a garotas.

Meu rosto estava começando a ficar quente.

— Bem, *eu* não acho eles estranhos. E você deveria ser *positiva*, Mila, lembra? Enfim, se eu não correr por aí, acho que vou enlouquecer!

— A gente podia fazer outra coisa — Max sugeriu. Ele me lançou um olhar. — Talvez entrar naquela brincadeira de pique-não-pega?

— Boa ideia — concordei rapidamente.

Mas Zara já estava dando pulinhos, como se estivesse se aquecendo para o basquete.

— Essa brincadeira de pique-pega, ou seja lá o que for, é extremamente idiota — ela disse a Max. — Ninguém nem se lembra das regras. E só os nerds estão brincando disso.

— Bem, mas eu *sou* um nerd — Max disse. — E Jared também.

— Quem é Jared? — perguntei.

— Whitman. Ele é novo, está na orquestra. E fazendo latim.

— Ah, então quer dizer que tem dois alunos na sua turma — Zara provocou.

— Fala sério, Zara, não somos os *únicos* fazendo latim!

Max estava sorrindo e ficando vermelho.

Hum, pensei. *Max gosta desse garoto novo. Gosta. Ok.*

Ah.

— Zara, se você quer jogar basquete, devia fazer isso — Omi disse. — Vai lá. A gente vai torcer por você.

— Bem, *obrigada*, Omi — Zara agradeceu.

Sem nem olhar para mim, ela seguiu direto para a cesta.

— Vou jogar — anunciou. — Estou no time de quem?

Os garotos do basquete a encararam. Leo riu.

— Quem disse que você vai jogar? — Dante perguntou.

— Eu — Zara respondeu. — Eu disse. E será que tenho que chamar a sra. Wardak aqui? Porque vou...

— Não. — Leo tirou o cabelo dos olhos. Ele olhou para Zara de cima a baixo, de um jeito que fez meu estômago revirar. — Você é alta o suficiente, de qualquer maneira.

— É claro que sou! Tenho um metro e setenta e três.

— Parece que tem isso mesmo — Dante disse. — É *alta*. E reta que nem uma vara.

Ele gesticulou com a mão erguida.

Tobias sorriu.

Tentei olhar nos olhos de Zara, mas ela os desviou.

Não dava para dizer se Leo tinha ouvido o comentário de Dante. Ele continuava falando com Zara.

— Mas tem um problema. Se *você* jogar, os times vão ficar desequilibrados. Então precisamos de outra garota.

— Eu não — Omi disse depressa. — Não estou usando os sapatos certos. E, além disso...

— Mila — Leo disse, fixando o olhar esverdeado em mim. — A gente quer que a Mila jogue.

Tobias riu.

— É. Mila. Mesmo que ela não esteja usando O Suéter.

Callum não disse uma palavra enquanto quicava a bola. *Tump, tump, tump* contra o asfalto.

As mariposas na minha barriga estavam acordadas e esvoaçantes. Como se tivessem visto uma lâmpada gigante.

— Cala a boca, Callum — deixei escapar.

Ele ergueu os olhos, surpreso.

— Eu não disse nada.

Não agora. Mas disse algo na sala de música, não foi? Quando você sabia que a sra. Fender e Samira não ouviriam.

O olhar de Zara correu dos meninos para mim e depois para Leo.

— Que suéter? Está falando daquele verde?

— Eu te disse, Zara — falei, desesperada. — Eles têm essa ideia maluca de que o suéter dá sorte...

— Mas talvez não seja só *O Suéter* — Tobias disse.

— É, Mila, vamos ver se essa camisa dá sorte também — Dante completou. — Hora do abraço!

Ele abriu os braços e deu um passo de zumbi na minha direção.

— Para! — gritei, andando para trás. — Isso não tem graça, Dante!

Os garotos riram. Outros meninos estavam de olho, a alguns passos de distância da linha de lance livre. Hunter Schultz e três de seus amigos horríveis.

Foi então que percebi que Max e Omi tinham escapado.

E o rosto de Zara estava com uma expressão severa que eu nunca tinha visto. Direcionada para *mim*.

— Bem, Mila — ela disse em um tom não muito amigável. — Se você não quer jogar, ninguém vai te obrigar.

Orientação

Entrei no prédio a toda velocidade, com o coração batendo forte, sem fazer ideia de para onde estava indo. Meus amigos tinham me abandonado — por quê? Bem, Max eu conseguia entender: ele estava com medo de Hunter e seus amigos, e possivelmente dos garotos do basquete também. E, é claro, quando ele se ofereceu para ir na diretoria comigo para reclamar deles, eu neguei. Omi tinha saído do pátio junto com Max, talvez para ser leal a ele, talvez para não ver as coisas ficarem esquisitas entre mim e Zara. Conhecendo Omi, do jeito que ela tentava evitar qualquer conflito, provavelmente foi um pouco dos dois.

Quanto a Zara, eu não sabia o que pensar.

Por que ela não protestou quando os garotos começaram a implicar comigo? Claro, ela estava nervosa com o lance do coral, mas não era possível que precisasse tanto assim jogar basquete. E talvez ela não soubesse da história toda — a mentira sobre o aniversário de Leo, a história do ônibus, o que aconteceu com Callum na sala de música de manhã —, mas tinha acabado de ver uma amostra daquilo, bem diante de seus olhos, e não ficou do meu lado. Nem disse *nada*. Nem mesmo quando Dante a chamou de "reta que nem uma vara", o que ele obviamente considerava um insulto.

E por que ela tinha me olhado daquele jeito estranho? Será que poderia estar com ciúmes?

Mas de quê? A atenção dos garotos — incluindo a de Leo — era o oposto de agradável. Eu não conseguia entender como Zara não via aquilo, não percebia como era horrível para mim.

Será que ela se importa mais com Leo do que com meus sentimentos?

Era difícil acreditar. Mas também era a única coisa que fazia algum sentido.

Olhei para o celular: vinte e um minutos até o ensaio da banda. A sra. Wardak estava lá fora, no pátio, então não poderia gritar comigo por estar no corredor. Ainda assim, eu tinha certeza de que seria impossível ficar por ali por vinte e um minutos sem que ninguém percebesse. Melhor aparentar que eu tinha um Lugar para Estar.

Perambulei pelo corredor principal, até parar na frente da porta que dizia ORIENTAÇÃO.

Na verdade, é exatamente disso que eu preciso. Orientação.

Não dedurar os outros, como se eu fosse um bebê. Além disso, pelo jeito como Zara acabou de agir, se eu colocasse Leo em apuros, ela provavelmente nunca mais falaria comigo. E então Omi também deixaria de ser minha amiga.

Mas seria bom receber alguns conselhos. E saber como pensar sobre os últimos dias. A carta com minhas atribuições escolares dizia que minha conselheira de orientação se chamava Lori Maniscalco; pelo que pude ver na assembleia duas semanas antes, quando todos os conselheiros do sétimo ano se apresentaram, ela parecia bem legal. Eu conseguia me imaginar dizendo coisas a ela.

Fui até uma mulher sentada atrás de uma mesa. Ela tinha sobrancelhas definidas e um cabelo que se assentava em sua cabeça num ângulo estranho. Não pude deixar de notar; um segundo tarde demais, depois que ela percebeu que eu estava olhando, entendi que era uma peruca.

Li a placa com seu nome: SRA. J. KURTZBURGER.

— Olá, sra. Kurtzburger — falei, me esforçando para manter a voz firme. — Meu nome é Mila Brennan e eu gostaria de falar com a sra. Maniscalco. Por favor. É muito importante.

A sra. Kurtzburger ergueu o olhar do monitor.

— Ah, sinto muito, mas a sra. Maniscalco não está aqui. Você não soube? Ela está de licença-maternidade.

Estava? Na assembleia, quando ela se encaminhou ao microfone, deu para ver que estava grávida. Mas não achei que estivesse *tão* grávida.

Não consegui me conter; comecei a chorar.

A sra. Kurtzburger levantou-se da cadeira e me entregou uma caixa de lencinhos em que alguém (a própria sra. Kurtzburger?) tinha escrito com caneta permanente: ORIENTAÇÃO. NÃO TIRAR DAQUI.

Ela sentou-se de novo e digitou algo rapidamente em seu teclado.

— Espere um instante, Mila. Vou conferir uma questão para você. Ok, ainda não temos alguém para cobrir a licença-maternidade da sra. Maniscalco, então, até lá, você pode falar com o sr. Dolan.

— Sr. Dolan? Mas eu nem conheço ele!

Eu sabia que era idiota usar aquele argumento, porque não era como se eu conhecesse a sra. Maniscalco também. Mas a verdade era que, se eu soubesse que falaria com um *sr.* Alguém, não teria vindo aqui. Eu precisava da sra. Maniscalco, que parecia muito compreensiva e... *era mulher*.

— Bem, vamos só ver se ele está disponível. — A sra. Kurtzburger levantou-se de novo e bateu numa porta alguns metros adiante no corredor. — Tudo bem se eu mandar Mila Brennan entrar? Ela é uma das de Lori.

— Claro! — uma voz masculina alegre ecoou no corredor.

Ainda dá tempo de escapar, disse a mim mesma. *Só vá embora!*

Mas atravessei o corredor e entrei no pequeno escritório do sr. Dolan. Ele era um homem jovem e atarracado com o cabelo raspado e um anel da escola. Nas paredes havia pôsteres autografados de jogadores de beisebol, e seu sofazinho cinza tinha uma almofada azul e laranja que dizia CHICAGO BEARS.

— Como posso ajudar você hoje? — o sr. Dolan perguntou.

Seus olhos estavam franzidos e ele sorria.

Corra!

— Hm — falei. — Na verdade, eu esperava encontrar a sra. Maniscalco. Não sabia que ela estava de saída...

— Nem ela sabia! Mas o bebê Ryan decidiu fazer uma aparição antes da hora. — Ele sorriu. — Então, o que está acontecendo? *Mila* — acrescentou, para mostrar que sabia meu nome.

Do jeito que minha garganta estava, parecia que eu tinha engolido vidro. Ou talvez pedrinhas.

— É meio difícil falar sobre o assunto.

— Mas é para isso que você está aqui, certo? Então, por que não tenta falar comigo?

Ele gesticulou na direção do sofá.

Eu estava encurralada. Então, me acomodei na beirada do fino assento de espuma do sofá.

— Tá. Bem. Na verdade, estão implicando comigo. Mais ou menos.

— Implicando mais ou menos ou implicando?

— Bem, não é uma provocação normal.

— Como assim?

— É difícil explicar.

— Ok — o sr. Dolan disse. — Sinto muito saber disso, Mila. Posso perguntar quem está fazendo isso?

— Prefiro não citar nomes.

— Justo. Embora isso torne meu trabalho mais difícil. — Ele apoiou um cotovelo no braço de sua cadeira giratória e repousou a bochecha em seu punho. Era obviamente sua expressão de atenção. — Você pode me dizer qualquer coisa *sobre* os alunos que estão implicando?

— Na verdade, não.

Pigarreei.

— Bem, Mila, fica um pouco difícil…

— São garotos.

— Entendi. E com o que esses garotos estão implicando? Se você não se importar de me dizer.

— Hm. Minhas roupas.

— Suas roupas?

Ele olhou para minha camisa vermelha de toalha de mesa.

— É, basicamente — falei.

— Eles estão dizendo alguma coisa específica?

— Não. Só falam sobre… minhas roupas.

Ele assentiu lentamente.

— Certo, Mila. Acho que você entende que, quando temos um conflito, normalmente o que faço é reunir todas as crianças envolvidas no meu escritório, então marcamos uma conversa amigável, falamos sobre o assunto e resolvemos as coisas. Mas se uma aluna me diz que não quer identificar todas as partes envolvidas no conflito…

— Prefiro não dizer.

— … então fica um pouco difícil de ajudar. Você entende isso, Mila?

Àquela altura, eu já estava ficando irritada com a frequência com que ele dizia *Mila*. Como se talvez pensasse que, se repetisse meu nome várias vezes, me hipnotizaria para confiar mais nele.

— Acho que sim — respondi.

— Então isso é o melhor que posso fazer, dadas as circunstâncias. Você deve saber, aposto, que garotos de sétimo ano podem ser bem imaturos. Alguns deles agem como se fossem os maiorais, mas são capazes de dizer coisas nojentas e estúpidas. E a verdade é que eles basicamente implicam com qualquer pessoa ou coisa que se mova.

Sim, mas eu sei o que é implicar. Isso é diferente.

O sr. Dolan se inclinou na minha direção; sua cadeira giratória rangeu.

— Isso não significa que esses garotos sejam nojentos e estúpidos *por dentro*; na maioria das vezes, estão apenas se exibindo para os amigos. Então, se é isso que está acontecendo, Mila, posso te dizer por experiência própria que a melhor forma de agir é ignorando-os.

Mas isso é impossível. Eles não me deixam *ignorá-los!*

Assenti.

— Ignorar não é fácil, eu sei. — Ele sorriu. — Mas prometo a você, pode ser muito eficaz.

— Ok. Vou tentar.

— Ótimo. — Então o sr. Dolan se levantou, tirando migalhas invisíveis de suas calças. — Bem, Mila, estou sempre aqui se você precisar conversar. Depois me conta como foram as coisas, ok?

Também me levantei.

— Pode deixar — falei. — Obrigada. Hm.

— Sim, Mila?

Senti meu rosto pegar fogo.

— Você sabe quando a sra. Maniscalco vai voltar?

— Da licença-maternidade?

— É. Isso.

— Daqui a três meses — o sr. Dolan respondeu.

Cadeiras

A sra. Fender estava no corredor na frente da sala de música conversando com o sr. Broadwater, o professor da orquestra. Ou seja, ela não estava dentro da sala de música. Portanto, eu também não queria entrar ali.

Então, fiquei em frente à porta, amarrando o cadarço do meu tênis. Depois desamarrando. E depois dando um laço triplo.

Argh. Eles estão tão sujos e desgastados. Preciso pedir a minha mãe para comprar novos cadarços. Quem sabe se a gente for fazer compras no fim de semana, como ela prometeu. Embora ela tenha dito que talvez precise trabalhar...

Finalmente, a sra. Fender me notou.

— Mila? Você deveria estar lá dentro aquecendo. Vou entrar em um segundo.

— Ah, ok — respondi.

Por favor, por favor, vem logo.

Atravessei a agitada sala de música. Alguns alunos estavam tocando escalas, alguns estavam ajeitando as partituras nas estantes, mas a maioria estava batendo papo e rindo. Sentei ao lado de Callum, que estava inclinado enquanto conversava com Dante.

Tirei meu trompete do estojo. Estava manchado, então o limpei com o paninho cinza. *Esfrega, esfrega, esfrega.* Limpar era fascinante e importante.

— Ei, Mila — Callum chamou.

Esfrega, esfrega, esfrega.

— Mila.

Esfrega...

— *Mila.* Aonde você foi na hora do almoço?

— Isso é da sua conta?

— Não. Você está com raiva da gente?

Esfrega.

— Por favor, não fica com raiva, tá? A gente só estava brincando.

— Você devia ter algum senso de humor — Dante disse.

Ah, então ele também estava na conversa?

— Para a sua informação, eu *tenho* senso de humor — respondi. — Ele é *ótimo*, na verdade. Mas essa coisa idiota de abraço não tem graça. Estou ficando de saco cheio disso e quero que vocês parem, tá? Todos vocês. Incluindo o Leo e o Tobias.

— Ok — Callum disse.

O quê?

Ele disse ok.

Era só isso? Tudo que eu tinha que fazer era dizer a palavra "pare", e ele diria "ok", e toda aquela implicância horrível que não era só implicância acabaria? Tudo voltaria ao normal, na hora do almoço e com meus amigos?

Era quase bom demais para acreditar!

Por que eu não tinha descoberto antes?

Enquanto eu guardava meu paninho e arrumava a partitura de "Pirate Medley" na minha estante, não conseguia parar de sorrir. A BIZARRICE ACABOU. ALELUIA!

E então percebi que a cadeira de Callum tinha se aproximado da minha. Talvez ele nem tivesse se dado conta.

Tanto faz. Eu definitivamente não ia comprar uma briga por causa de espaço, visto que ele tinha aceitado parar de ser um babaca. Cheguei minha cadeira quinze centímetros para a direita.

— Ei — Rowan Crawley protestou. — Você está me apertando aqui, Mila.

— Estou? Desculpa.

Cheguei para a esquerda de novo. Mas não totalmente. Dez centímetros.

Callum estudou sua partitura. E pensei: *a melhor coisa nele é essa expressão séria.*

Por fim, a sra. Fender andou até a frente da sala.

— Muito bem, pessoal. Postura de músico: costas retas, peito aberto, pés no chão, olhos voltados para mim. Vamos pegar "Pirate Medley" a partir da letra de ensaio B. Quero ouvir notas nítidas e limpas e uma batida constante. Samira, você poderia tocar os dois primeiros compassos...

A Queridinha Número Um levantou-se da cadeira para tocar.

Alguns segundos se passaram enquanto todos ouvíamos o clarinete de Samira.

E então percebi algo atrás da minha cabeça. Era tipo quando um mosquito fica zumbindo em volta da gente no escuro: não dá para ver, mas fica aquela sensação geral de *inseto irritante* em algum lugar ao redor do corpo.

Senti um arrepio na nuca; estendi a mão para pegar meu rabo de cavalo.

E bati em alguma coisa.

No nariz de Dante.

— Ai! — ele gritou, caindo para trás.

Fiquei boquiaberta.

— O que você estava fazendo?

— Nada — Dante disse.

Ele esfregou as narinas.

— Gente — Annabel Cho sussurrou. — Cala a boca! A Samira está tocando…

Dante a ignorou.

— Eu só esqueci minha partitura, Mila, então me inclinei para ler a sua.

— Não acredito em você! — sibilei.

— Bem, você deveria — Callum disse. — O Dante é uma pessoa muito sincera.

Ao lado de Dante, Luis Garcia e Daniel Chun estavam dando risadinhas. Annabel estava de cara amarrada e, a duas cadeiras de distância, Liana Brock estava fazendo o rosto ficar sem expressão, como se não tivesse visto nada, o que era completamente impossível.

Uma onda de suor frio percorreu meu corpo.

Como aquilo estava acontecendo?! Pensei que tivéssemos acabado de concordar que aquele tipo de coisa já era.

E por que ninguém impediu? Luis, Daniel, Annabel, Liana…

Samira terminou de tocar. Do jeito que voltou para a cadeira e bufou, dava para notar que ela estava irritada com a perturbação.

E a sra. Fender também.

— Algum problema na seção dos trompetes? — ela exigiu saber. — Algum motivo para serem mal-educados com uma colega instrumentista?

Levei um segundo para perceber que, por "colega instrumentista", a sra. Fender estava se referindo a Samira, não a mim.

— Desculpe — falei. — O Dante estava se espremendo em cima de mim.

— Não foi minha intenção — Dante insistiu. — Eu só estava tentando ler a partitura. E a Mila não precisava reagir desse jeito, de qualquer maneira.

— Ela *exagerou* — Callum se intrometeu.

A sra. Fender cruzou os braços.

— Dante, por favor, me explique por que você precisava ler a partitura da Mila.

É. Diz aí. Estou ouvindo.

— Porque esqueci a minha no meu armário. Sem querer — Dante acrescentou.

Ele parecia envergonhado.

— Bem, é esperado que você venha para o ensaio totalmente preparado — a sra. Fender o repreendeu. — E se vocês não são capazes de respeitar uma integrante da banda quando ela está tocando e sequer conseguem ficar sentados nas suas cadeiras sem agir feito alunos de jardim de infância, então vamos precisar fazer algumas mudanças. Estou sendo clara?

Parecia que ela estava me incluindo, como se pensasse que *eu* era um dos alunos de jardim de infância. Senti minhas bochechas arderem.

— Desculpe — falei.

— Desculpe — Dante repetiu.

Callum fez sua cara de músico sério.

— Não vai acontecer de novo, sra. Fender.

— Bem, ótimo — ela disse, pressionando os lábios.

Talvez a sra. Fender tenha acreditado, mas eu com certeza não.

Tênis

Foi assim que eu soube que não tinha acabado.

Quer dizer, se mais nada tivesse acontecido nos últimos dias, eu poderia ter achado que a desculpa de Dante era confiável. Mas, mesmo que ele tivesse deixado a partitura no armário por acidente, ele não precisava ler a *minha*; Dante poderia ter acompanhado com Daniel ou Luis. Ou poderia ter dado uma espiadinha na de Callum, que era de fato seu amigo.

Além disso, Dante não era cego; se ele realmente estivesse acompanhando a música pela minha estante, não precisava ficar com o rosto praticamente *no meu cabelo*. Sem contar o fato de que ele poderia ter cutucado meu ombro ou algo do tipo, para perguntar se eu me importava que ele se sentasse tão perto.

E o jeito como Callum tinha se aproximado — na hora, eu não tinha certeza de que estava acontecendo, mas, analisando a situação, eu sabia que estava. Embora ele tenha me falado que *Ok, Mila, vamos parar seja lá o que estivermos fazendo*, era como se tivesse dito que *Na verdade, pensando bem? Nada mudou. E nada do que você fizer vai fazer diferença.*

Falar com a gente. Ou não falar com a gente.

Ignorar a gente. Ou não ignorar a gente.

Ah, e o ônibus para casa? É melhor não o pegar se não quiser ter mais problemas.

Então, quando o sinal tocou indicando o fim das aulas, nem considerei entrar no ônibus. A ideia de me sentar do lado de Dante, ou de qualquer um dos outros, e eles me cutucarem com o ombro, me espremerem, me encurralarem quando eu tivesse que descer... simplesmente não era *possível*. A caminhada para casa era de cerca de três quilômetros, mas eu estava de tênis. Eu precisava chegar em casa a tempo do ônibus de Hadley, mas, se andasse rápido o suficiente, daria tudo certo.

Quer dizer, provavelmente. A menos que o ônibus dela chegasse adiantado.

Amarrei meus cadarços velhos e sujos uma última vez, abotoei minha camisa de toalha de mesa até o pescoço e comecei a caminhar.

Atraso

Quando cheguei em casa, Hadley estava sentada nos degraus da entrada com Cherish Ames, uma aluna do jardim de infância do nosso quarteirão que ainda chupava o dedo, e a mãe de Cherish, que tinha cabelos tingidos de loiro que iam até a cintura. Quer dizer, era bonito, mas definitivamente estranho para uma mãe.

Assim que me viu, a mãe de Cherish ficou de pé, balançando o cabelo.

— Bem, aí está ela! Viu? — ela disse a Hadley. — Eu disse que a Mila não tinha esquecido!

— Por que eu me esqueceria de voltar para casa? — perguntei.

Soou atrevido? Eu não tinha certeza.

— Bem, querida, você está quatro minutos atrasada. — A mãe de Cherish sorriu para mim com todos os dentes. — E a Hadley estava *extremamente* preocupada.

Olhei para minha irmã. Ela estava comendo Oreos — não a versão barata que minha mãe comprava, mas a marca verdadeira. A mãe de Cherish deve ter levado um pacote na sua bolsa, talvez para distrair a filha de chupar o dedo.

— Bem, eu tive que ficar depois da aula para terminar um projeto — menti. — Mas obrigada por esperar com a Hadley.

— Sem problemas. Mas, Mila, da próxima vez que tiver um *projeto* — ela disse a palavra entre aspas, como se soubesse que era uma mentira —, por favor, me liga, para que eu saiba que devo ficar de olho na Hadley. Você me empresta seu celular? Vou colocar meu número nos seus contatos.

Ela estendeu a mão. Não era uma escolha. Entreguei meu celular, e ela digitou seu número com unhas pintadas de azul.

Depois, a mãe de Cherish me devolveu o aparelho e, em um só movimento, tirou o polegar da filha da boca.

— Em público não, docinho — ela disse em um tom de voz meloso. — Ok, tchau, Hadley querida.

— Tchau — Hadley respondeu.

Abri a porta com minha chave. Nós duas entramos, e Hadley se sentou à mesa de jantar.

Peguei um pouco de leite na geladeira e me servi de um copo.

— Quer?

Hadley sacudiu a cabeça, mas lhe dei um copo de qualquer maneira.

— Que tipo de nome é Cherish? — falei. — Cherish é "estimar" em inglês, é tipo chamar alguém de Mamãe Te Ama. Não é à toa que essa menina ainda chupa o dedo.

Normalmente, Hadley riria, para dizer o mínimo, mas ela só deu de ombros.

— E que tipo de mãe tem um cabelo daquele? — continuei. — Fico muito feliz que a mamãe não pareça uma adolescente velha. Você *não*, Had?

Hadley deu de ombros novamente.

Suspirei.

— Ok. Então você está brava comigo?

— Estou — Hadley disse.

Sentei-me à mesa.

— Bem, me desculpa, de verdade. Precisei ficar até mais tarde na escola. Não foi escolha minha.

— Você teve um projeto?

— Mais ou menos, é.

— Sobre o quê?

— É complicado. Enfim, se um dia eu tiver outro projeto, vou ligar para a sra. Ames, para que você não precise se preocupar. E, da próxima vez, vou chegar em casa mais rápido, prometo.

— Tá — Hadley disse.

Ela não parecia muito convencida.

Eu a observei beber o leite até o fim.

— Hadley? — falei. — Você pode me fazer um favor imenso? Pode não falar para a mamãe que cheguei atrasada?

— Você quer dizer não contar a ela sobre seu projeto?

— Isso.

— Por quê?

— Bem, porque ela anda tão estressada com o trabalho ultimamente, né? Está sempre falando sobre o chefe malvado dela. E não quero que se preocupe comigo.

Hadley franziu a testa.

— Por que ela se preocuparia com você?

— Ah, porque ela se preocupa com tudo! E chega em casa tão cansada. A gente precisa deixar ela relaxar, tá?

O rosto de Hadley se contraiu e, por um segundo, pensei que ela fosse chorar. Mas então me dei conta de que era a cara de cão farejador.

De repente, ela se levantou da mesa e correu para a sala.

— Eca, que nojo — gritou. — A Delilah fez besteira!

Parque

Depois daquela longa caminhada para casa, a última coisa que eu queria fazer era passear com Delilah. Mas não passear com ela não seria justo; não era culpa *dela* que eu não pudesse pegar o ônibus. Ou que eu tenha chegado atrasada e ela tenha tido um *acidente de percurso*.

Assim, depois de limpar a sujeira, eu disse a Hadley que ia levar Delilah ao parque Deamer para que ela corresse sem coleira, o que era sua atividade favorita. E é claro que, se Delilah e eu iríamos, Hadley tinha que ir também.

— Bom, tudo bemmm — minha irmã disse.

Do tipo: *Ainda estou brava com você, Mila, então é melhor ser legal comigo, senão vou contar tudo para a mamãe.*

E assim que saímos, ela voltou ao normal, falando sem parar sobre um garoto da turma dela que perdeu um dente e ganhou dez dólares da Fada do Dente. Então o irmão mais velho perguntou se ele achava que a Fada do Dente realmente existia, e quando ele disse que não, o irmão disse que ele deveria devolver o dinheiro.

A história ia muito além, mas, depois de um tempo, eu me distraí, deixando Hadley falar sem parar e só acrescentando um "Hã" e um "Aham" sempre que ela fazia uma pausa. Eu basicamente observava as pessoas na rua entrando nas lojas, conferindo a caixa de correio e depositando moedas no parquímetro. Não sei explicar o motivo, mas, depois de toda a esquisitice do dia, ver todas aquelas coisas normais e tediosas era meio reconfortante.

Sabe aquelas filmagens em que tem um peixinho-dourado nadando em um pequeno aquário, e, quando a câmera se afasta, você percebe que o aquário na verdade é um lago? E então se afasta de novo e você vê que o lago é na verdade o oceano? E a câmera continua se afastando, para cada vez mais longe, até que você vê todos os oceanos e os continentes do Planeta Terra? Era tipo isso.

Eu sempre gostei desse lance da câmera, porque, para mim, queria dizer que todos os seus problemas — a parte de nadar no aquário do peixinho-dourado — eram muito pequenos e desimportantes se comparados com o mundo inteiro. E passear com Hadley e Delilah naquele dia, vendo tudo que acontecia numa tarde comum, era meio que uma versão daquela filmagem ampla, me lembrando de todas as coisas que existiam e não eram relacionadas à escola.

A lista era surpreendentemente comprida, na verdade, pensei enquanto passávamos pela biblioteca, pelo correio, pela minha pizzaria favorita, pela clínica de emergência, por uma imobiliária, por um prédio com uma nova placa que dizia E MOÇÕES. Por um ou dois quarteirões, meu cérebro brincou com a ideia: o que se vendia ali? Vergonha? Ciúmes? Não, porque quem ia querer isso?

Me vê cem gramas de Felicidade? Com uma pitada de Alívio? Não, duas pitadas, por favor. E uma Surpresa pra viagem.

Por fim, chegamos na entrada do parque Deamer. E então meu coração parou, porque ali, debaixo de uma árvore de bordo vermelha, estava Tobias. Ele segurava a mão de uma garotinha de cabelos cacheados e macacão roxo que parecia ter uns dois anos.

— Nada de sorvete, Bella — ele dizia. — Está muito perto da hora do jantar.

Congelei. Ele ainda não tinha me notado.

— Por que você parou? — Hadley protestou. — A Delilah está toda empolgada. Ela quer entrar!

Nossa cadela estava apoiada nas patas traseiras, esticando-se na direção do espaço para cães e choramingando.

— Quero fazer carinho no cachorrinho — a garotinha anunciou, e apontou para Delilah.

— *Ah* — Tobias disse quando percebeu a quem Delilah estava ligada. Seu pescoço começou a ficar vermelho. — Oi, Mila.

— Oi — falei. — Não tem problema se ela quiser fazer carinho. Minha cachorra é boazinha.

Imediatamente, fiquei furiosa comigo mesma. Por que falei aquilo? Foi um reflexo idiota.

Outra pessoa: Aah, que cachorro bonito. Posso fazer carinho?

Eu (tutora orgulhosa): Claro!

E talvez eu pudesse continuar com uma frase do tipo: *Tobias, já que estamos tendo uma conversa normal, por que você não para de agir feito um babaca?* Ou: *Pare de implicar comigo na escola, porque é horrível e eu não gosto.* Ou até mesmo: *Tire suas mãos de mim, Tobias, e diga isso aos seus amigos idiotas também!*

Mas eu não disse nada. Por três motivos.

Primeiro, porque eu estava com Hadley. Eu já tinha pedido a ela para não contar a nossa mãe sobre meu atraso; não poderia lhe pedir para *também* guardar segredo sobre o garoto.

Segundo, porque a garotinha, que imaginei ser a irmã de Tobias, começou a acariciar as orelhas de Delilah, o que a fez abanar o rabo e, em seguida, apoiar-se em Tobias, totalmente apaixonada por ele. Isso fez Tobias começar a sussurrar coisas como "boa menina" e "cachorrinha bonita" enquanto sua irmãzinha dava gritinhos de alegria. Então, gritar com ele teria sido meio constrangedor.

E terceiro porque, dez segundos depois, uma mulher de cabelo cacheado saiu do parquinho repreendendo em voz alta um menino mais ou menos da idade de Hadley.

— Quando eu digo que é hora de ir embora, *não tem discussão*, Sam — a mulher disse ao menino. Então ela viu Tobias e Bella. E Hadley, Delilah e eu.

Ela puxou a mão de Bella da cabeça de Delilah. A garota imediatamente começou a gritar.

— Bell, a gente *nunca* pode fazer carinho em cachorros estranhos — a mulher disse bruscamente. — Tobias, você pediu...?

Obviamente, era a mãe de Tobias. Então eu poderia ter dito: *Não, na verdade ele não pediu!*

E quer saber o que mais *ele não pediu?*

Mas aquela mulher estava mal-humorada, claramente nem um pouco a fim de escutar. *E, de qualquer maneira,* pensei, *dedurá-lo para a mãe provavelmente acabaria sendo pior para mim.*

— Está tudo bem — falei, evitando os olhos de Tobias. — Eu disse a eles que minha cachorra é boazinha.

— Mesmo assim, Bell, a gente tem que controlar as nossas mãos — a mãe de Tobias disse.

Cachorros

Hadley e eu nos sentamos em um banco velho e bambo no espaço para cães, observando Delilah disparar por entre as folhas com três outros cachorros. *Deve ser ótimo ser cachorro*, pensei. *Você faz amizade com todo mundo, simples assim. E se outro cachorro te perturbar, você rosna e na mesma hora ele se afasta. É tudo tão incrivelmente... simples.*

— Ei, Mila, quer saber de uma coisa? — Hadley disse depois de um minuto. — Aquele é o menino.

— Que menino? — perguntei.

— O menino que eu estava te falando antes. Que perdeu o dente.

— Tá — falei. — Mas de qual menino você está falando, especificamente? O parque está cheio de crianças.

— O que a gente viu! *Sam*. Com a mãe que não gostou da Delilah.

Encarei minha irmãzinha.

— Espera, o quê? Você quer dizer agora, na entrada...

Hadley fez que sim.

— Por que você não deu oi, se conhecia ele?

— Porque não.

— Hum — falei, como se fizesse algum sentido. — Então imagino que aquele garoto maior fosse o irmão mais velho malvado.

— Que irmão mais velho malvado?

Às vezes era impossível ter uma conversa com minha irmã.

— Hadley, você não estava me contando toda uma história no caminho para cá sobre como o irmão mais velho desse menino disse que, se ele não acreditava na Fada do Dente, então tinha que devolver os dez dólares...

— É, mas era uma piada.

— Uma piada? Não entendi.

— Mila, você não estava *ouvindo*? — Hadley suspirou, impaciente. — Eu disse que o Sam *tentou* dar o dinheiro para o irmão, mas o irmão disse não! Ele estava só *brincando*.

— Ah — falei.

De todas as coisas que eu queria na minha cabeça naquele momento, a última era Tobias Segal como irmão mais velho. Mas não pude evitar. O jeito como ele estava segurando a mão da irmãzinha, explicando sobre o sorvete, o jeito como acariciou as orelhas de Delilah — de fato, era um lado diferente da personalidade dele. O lado não babaca.

Mais ou menos como o lado não babaca de Callum quando ele tocava trompete. E talvez o de Dante, quando ele era um gênio da informática.

E então pensei:

Talvez todos os garotos do basquete tenham
um lado não babaca, inclusive Leo.

Eles provavelmente têm mães que os ensinam
a não botar a mão em cachorros desconhecidos,
e irmãos mais novos com quem implicam,
mas só um pouco.
E, quando se trata de pegar o dinheiro
da Fada do Dente,
eles sabem exatamente o momento de parar.
Então por que é diferente quando é comigo?

Mãe

— **Onde vocês estavam?** — minha mãe gritou assim que atravessamos a porta.

O rosto dela estava vermelho, os olhos rosados e inchados. Na mesma hora percebi que ela estava chorando.

— Mãe, está tudo bem? — perguntei.

— Tudo! Só estou um pouco chateada com algumas coisas do trabalho. Não se preocupe. — Ela assoou o nariz. — Mas, Mila, eu disse que ia chegar em casa cedo para minha aula de ginástica hoje! E, quando cheguei em casa, não tinha ninguém; nenhum bilhete, ninguém mandou mensagem, então eu não fazia ideia de *onde* vocês estavam. E não tem nada descongelado para o jantar...

Argh.

— Desculpa, mãe — falei. — Esse dia todinho foi uma loucura. A gente estava no espaço para cães...

— A Delilah fez cocô na sala — Hadley interrompeu. — Estava fedido. Então a gente pensou que ela precisava de um tempo a mais no parque. E a gente também viu um menino da minha turma que se chama Sam. Ele ganhou dez dólares porque perdeu um dente.

Lancei um olhar de gratidão a minha irmã. Ela não falou nada sobre meu atraso.

— Bem, vocês vão ter que vir comigo, então — minha mãe anunciou, enfiando umas roupas de ginástica numa bolsa de plástico. — Minha aula começa em catorze minutos. Tem uma hora de duração, depois a gente sai para comer fora.

— Aah, mamãe, a gente pode jantar no Junior Jay's? — Hadley gritou. — Por favor, por favor, por favor?

No Junior Jay's tinha milk-shake de baunilha e cebola empanada. Se minha irmã pudesse comer só isso pelo resto da vida, ela ficaria perfeitamente tranquila.

Minha mãe beijou a bochecha de Hadley.

— A gente pode, sim, querida. Mas só se você ficar quieta durante a aula. Nada de correr pelos corredores, e você tem que ouvir a Mila.

— Espera — falei. — Tenho que ir também? Para tomar conta da Hadley? Mas, mãe, tenho dever de casa…

— Então leva com você. Você pode ficar sentada com a Hadley no corredor.

— Mas não é justo! — explodi. — Por que tenho que tomar conta da Hadley o tempo todo? E passear com a Delilah? E preparar o jantar…

Minha mãe pareceu chocada.

— Mila, você sabe que eu conto com sua ajuda.

— Sei, mas e *eu*? — De repente, meus olhos estavam cheios de lágrimas. — Por que ninguém nunca pensa no que *eu* quero?

— Ah, meu bem.

Ela me abraçou e começou a chorar de novo. Então eu a abracei e nós duas ficamos chorando no cabelo uma da outra. Por que estávamos chorando? Eu meio que sabia meu motivo, e não tinha nada a ver com o dever de casa de matemática, nem mesmo com tomar conta da minha irmã. Mas não fazia ideia do motivo da minha mãe. Ela já chorou na nossa frente vendo filmes, mas nunca com um problema de verdade. Será que tinha a ver com o trabalho? Ou quem sabe outra briga ao telefone com meu pai?

Hadley nos pegou pela cintura e apertou com força. Nós três ficamos abraçadas por quase um minuto inteiro.

— Me desculpa mesmo, Mila — minha mãe disse, com a cara grudada no meu cabelo. — Você está certa. Eu realmente espero muito de você. Talvez até demais. Eu deveria ter perguntado se estava tudo bem por você.

Eu me afastei para pegar guardanapos da mesinha para nós duas.

— Não tem problema. Posso levar meu livro de matemática. Eu sei que você quer muito fazer essa aula.

— Eu não quero, *preciso*. Ando me sentindo tão fora de forma ultimamente!

— Mamãe, sua forma é linda — Hadley declarou.

— Obrigada, querida. Só quero dizer que não me exercito há um tempinho. — A risada dela pareceu um pouco forçada, pensei. — Então, estamos prontas? A E Moções fica bem no centro, mas, se vamos sair para jantar depois, é melhor irmos de carro...

— E Moções? — perguntei. — Aquele lugar novo?

Minha mãe fez que sim.

— Eles acabaram de abrir, então estão fazendo uma promoção inaugural com todas as sessões de graça nas duas primeiras semanas. É por isso que quero ir. Tem várias aulas legais: yoga, hip-hop, karatê…

Me vê um pouco de Felicidade. E um toque de Alívio.

E quem sabe uma pitada de Raiva.

Não, duas pitadas.

E Moções

Até chegarmos ao centro da cidade, minha mãe encontrar uma vaga para estacionar e nós três entrarmos na E Moções, ela já estava dois minutos atrasada para a aula de ginástica. Ela disse para Hadley e eu nos sentarmos na área da recepção, que consistia basicamente em três cadeiras dobráveis de metal e uma mesinha com revistas de que eu nunca tinha ouvido falar, com títulos tipo *Você* e *Você mesmo*. Não é exatamente meu tipo de leitura, então abri meu livro de matemática.

Hadley me cutucou.

— O que devo fazer, Mila?

— Não sei — respondi. — Você trouxe algum dever de casa?

Apontei para sua mochila cor-de-rosa.

— A gente só teve um exercício de ligar os pontos e de praticar a letra *M*, mas já fiz tudo no ônibus.

— Bem, então dá uma olhada nas revistas. Encontre palavras que você saiba ler.

Ela abriu a *Você mesmo*.

— Eles, vão, mas, não, você, era, andar. — Ela a fechou. — Que téeeeediooo.

— Had, não tem como você estar entediada. A gente acabou de chegar!

— Com licença — uma mulher que tinha acabado de entrar na recepção falou. Ela era pequena e loira, e usava uma regata verde néon que dizia E MOÇÕES! VAMOS NOS MEXER! Seus braços eram supermusculosos; tentei não olhar, mas eu nunca tinha visto uma mulher com braços assim. — Alguém acabou de dizer a palavra "tédio"?

— Eu — Hadley respondeu, e chegou a levantar a mão.

— Bem, tédio é inaceitável, né? — A mulher sorriu. Seus dentes eram incrivelmente brancos. — Meu nome é Erica, sou a dona do espaço. Eu tinha uma gerente até ontem, mas ela pediu demissão. Desculpe por não ter ninguém aqui para receber vocês.

E Moções. Vem de Erica. Ok, agora entendi.

— Ah, a gente não precisava ser recebida — falei.

— Eu só quero que todos se sintam bem-vindos. — Erica estendeu a mão para nos cumprimentar. Seu aperto era mais firme do que eu esperava. — Então, vocês estão aqui com alguém?

— Nossa mãe, mas ela está em uma aula de ginástica porque está fora de forma — Hadley disse.

Lancei um olhar para minha irmã.

— Só vamos ficar aqui por uma hora. E vamos ficar quietas, prometo.

— Bem, por que ficar quietas quando vocês podem se divertir? — Erica disse. — Alguma de vocês gosta de dançar? Tem uma aula muito legal acontecendo agora mesmo.

Hadley deu um pulo. Literalmente pulou.

— Eu amoooo dançar! Danço *o tempo todo*!

— Não dança nada — eu disse a ela.

Erica acenou com a cabeça para mim.

— E você? Gosta de dançar?

— Eu? Ah, não. Não mesmo. E tenho dever de matemática para fazer, então...

Ergui meu livro.

— Bem, o que sempre sinto é que, quando a gente faz uma pausa e movimenta alguns músculos, isso ajuda a estimular os neurônios. — Ela fez uma espécie de passinho de dança. Foi tão tosco que precisei olhar para o lado. — É assim que funciona para mim, pelo menos.

— Ok — falei, tentando manter minha voz o mais educada possível.

— Bem, então tudo bem — Erica disse alegremente. — Teria problema se sua irmãzinha desse uma espiadinha na nossa aula de hip-hop? É bem no fim do corredor. Trago ela de volta em poucos minutos.

— Por favor, Mila? — Hadley implorou, aos pulos. — *Por favooooor?*

— Ah, ela pode ficar a hora inteira — respondi imediatamente.

Reverência

Fiz o dever de matemática nos quinze minutos seguintes, terminando tudo menos dois problemas, que eu sabia que não conseguiria resolver nem se trabalhasse neles a noite inteira. Então, fechei o livro e me levantei para alongar as pernas. Depois dei três voltas na recepção.

Como Hadley estava se comportando naquela aula de dança? *Muito bem, provavelmente*, respondi a mim mesma, porque, caso contrário, Erica ou outra pessoa a traria aqui de volta. Mas minha mãe esperava que eu tomasse conta da minha irmã, não que a entregasse à dona da E Moções, então talvez eu devesse dar uma conferida nela.

Atravessei o corredor, ouvindo os professores em todas as diferentes salas.

— Respirem bem fundo... e de novo. E agora... do cachorro olhando para baixo para a postura da águia...

— E ponta! E ponta! E *passo*, dois, três!

— Trabalhem esses músculos das costas, pessoal! Quero ver uma postura reta e perfeita!

— *Kiai!*

A última voz era alta e aguda. Não parecia voz de professor.

Espiei a sala 5. Cerca de vinte crianças de diferentes tamanhos e idades, meninas e meninos, estavam paradas de costas para mim, viradas de frente para uma jovem de cabelo muito curto, meio ruivo e meio roxo. Todos os alunos vestiam um uniforme branco, mas tinham faixas de cores diferentes — a maioria branca ou amarela, mas havia algumas laranja ou verdes. A jovem, claramente a professora, era faixa preta.

— Vamos tentar de novo, srta. Carter — ela dizia a uma aluna. — "*Kiai*" significa "grito espiritual" em japonês, então não se contenha. Grite enquanto expira.

— Mas eu deveria estar caindo — a garota disse. Ela era faixa branca e parecia mais nova do que eu, então era estranho ouvi-la ser chamada de srta. Qualquer Coisa. — E eu achava que deveríamos gritar isso quando estamos atacando.

— Sim, mas o grito também serve para chamar atenção — a professora explicou. — Você *quer* que as pessoas olhem, *especialmente* se estiver vulnerável. E isso assusta o agressor. Você não precisa dizer "*kiai*", algumas pessoas dizem "ha", ou "hey", ou uma palavra diferente. O importante é deixar seu espírito gritar. E não do início da garganta, mas do fundo, lá do estômago. Tente de novo, srta. Carter.

A garota se jogou no tatame azul brilhante, gritando "*kiai*" tão alto que eu me encolhi.

— Bom trabalho!

A professora cumprimentou a garota, que sorriu de orelha a orelha.

Foi tão dramático que a princípio não processei alguém chamando meu nome. E então percebi que uma garota com faixa laranja tinha saído do tatame e estava vindo na minha direção. Suas longas tranças estavam amarradas em um coque e ela não estava usando óculos azuis, então levei um segundo para reconhecer Samira.

— Ei, Mila, você está fazendo essa aula? — ela perguntou.

Parecia surpresa, talvez com uma pitada de felicidade.

— Eu? Não — falei, ficando vermelha. — Minha mãe está aqui, e minha irmã mais nova...

Gesticulei na direção da aula de hip-hop.

A professora se aproximou.

— Bem-vinda — ela disse. — Meu nome é sra. Platt. Sou a diretora daqui. E você é...?

— Ah, não. Eu estava só assistindo.

— Mesmo assim, imagino que você tenha um nome, não? A sra. Platt sorriu.

— Mila.

— Mila, você precisa se curvar — Samira disse.

Me curvar? Ela estava falando sério?

Abaixei a cabeça e me inclinei como se estivesse com dor de barriga.

A sra. Platt sorriu e se curvou também. Não era o tipo de reverência que os músicos faziam: era um movimento que incluía calcanhares juntos, braços grudados à lateral do corpo, olhos fixos à frente, curvatura na altura do quadril.

— Mila de quê? — ela perguntou quando terminou a reverência.

— Brennan.

— Bem, você é bem-vinda para se juntar a nós, srta. Brennan, ou até mesmo para continuar observando. Mas neste *dojo* nós pedimos que tire os sapatos.

Meus sapatos? Ela quis dizer meus tênis, que passei aquele dia maluco inteiro usando — para a escola, na longa caminhada para casa, até o espaço para cães. De repente, eu não conseguia pensar em nada que preferisse fazer a tirar meus tênis imundos e fedorentos. E participar daquela aula mataria algum tempo enquanto eu esperava por minha mãe e Hadley.

Eu me agachei para desamarrar meus cadarços velhos e amarrados com um nó triplo. E as meias? Dei uma espiada: todos os outros alunos estavam descalços, então tirei minhas meias e as enfiei dentro do tênis.

E agora você não tem como escapar, meu cérebro me repreendeu. *Não tenho tanta certeza de que essa foi a melhor ideia, Mila.*

— *Aswatte* — a sra. Platt disse à turma. Ela olhou para mim. — Srta. Brennan, acabei de pedir aos alunos para se sentarem. Você já fez karatê ou outras artes marciais?

Sacudi a cabeça.

— Por favor, diga "Não, *sensei*" — a sra. Platt pediu. — Significa "professora" em japonês.

Por que ela se importava com como eu a chamava? Eu nem deveria estar ali.

Minhas bochechas estavam queimando. Mas falei mesmo assim.

A sra. Platt baixou a cabeça.

— Esta não é uma simples aula de karatê, srta. Brennan, nós incorporamos várias artes marciais. Mas usamos um pouquinho de japonês, então, se você não entender alguma coisa, sinta-se sempre livre para perguntar.

— Obrigada.

Ok, vá embora! Agora! Você não precisa ficar aqui só por educação ou vergonha. Simplesmente pegue seus tênis e CORRA.

Caminhei pelo chão até chegar à beirada do tatame azul onde os alunos estavam sentados de pernas cruzadas, observando em silêncio Samira e duas garotas faixa amarela fazerem um monte de movimentos. A sra. Platt estava parada ao lado delas, fazendo os mesmos movimentos e meio que narrando:

— Ok, comecem com a postura *heiko-dachi*, deem um passo para trás com o pé direito e mantenham a perna de trás firme. Façam um bloqueio aéreo com a mão esquerda, deem um soco para a frente com a mão direita e recuem bloqueando. *Kiai*. *Heiko-dachi*. De novo, por favor.

Então, a sra. Platt pediu que elas "demonstrassem os Sete Básicos", e a turma inteira as acompanhou enquanto contava em voz alta em japonês.

Eu não conseguia desviar os olhos de Samira e das outras meninas — elas pareciam tão seguras de si e concentradas. Como quando Samira tocava clarinete e Callum tocava trompete. E até mesmo Zara quando cantava.

Mas também era diferente, por causa do jeito como elas usavam o próprio corpo. Os movimentos claros e precisos, sem hesitação. Não apenas socos, mas também bloqueios. E então aquele grito espiritual enfurecido no final.

Que possivelmente era o céu azul delas.

E pensei:

Como alguém chega a esse ponto?
De saber o que fazer, e em qual ordem.
Sem pensar. Ou não pensar.
Sem ignorar. E sem fugir.
Será que um dia vou conseguir fazer isso?
Será que um dia me tornarei uma dessas garotas?
Por mais que eu tente, é impossível
imaginar.

Talvez

Durante todo o trajeto até o Junior Jay's e depois, durante toda a refeição, Hadley não parou de falar sobre a aula de hip-hop, como tinha sido divertida, como ela queria muito, muito, *muito* ir de novo, e será que ela poderia, por favor, ganhar uma legging roxa igual à da professora, *por favooooor*?

Minha mãe simplesmente a deixou falar, porque sabia que, quando Hadley começava, não adiantava interromper. Por fim, ela disse:

— Bom, querida, você pode ir nas próximas duas semanas, mas, depois da oferta inaugural, a E Moções não é de graça. E eu gostaria de ter certeza de que podemos pagar pelas aulas, mas não sei ainda. Talvez.

Hadley deu um gole no milk-shake.

— Talvez significa talvez sim, né?

— Had, também significa talvez não — falei.

— Mas tanto quanto sim! Talvez sim *ou* não, mas *poderia* ser sim, né, mamãe?

Minha mãe fez um *shhh* com o dedo para Hadley.

— Voz de restaurante, por favor. Talvez significa... bem, não vamos cantar vitória antes do tempo, meninas, mas é possível que *talvez* eu ganhe um aumento. Não tenho certeza, mas tenho uma reunião marcada para falar sobre isso, e estou na expectativa. Se eu conseguir, vamos ter um respiro no nosso orçamento.

— Que ótimo, mãe — falei.

Mas a verdade era que eu estava chocada. Depois de vê-la chorar quando Hadley e eu chegamos do espaço para cães — o que mamãe atribuiu a "coisas do trabalho" —, eu não entendia como ela poderia ganhar um aumento. O trabalho estava indo bem ou não? Se estivesse, por que estava tão chateada?

Foi meio que parecido com ontem, quando cheguei da escola e me analisei no espelho, me perguntando o que os garotos viam quando olhavam para mim.

Às vezes, podemos olhar para algo bem de perto e, ainda assim, não saber o que estamos vendo.

Cobertura

Quando meu despertador tocou na sexta-feira de manhã, a primeira coisa que percebi foi que na beirada da minha cama havia uma pilha organizada de roupas. Roupas da minha mãe, que ela deve ter escolhido para mim. Não eram roupas de trabalho, mas as que ela usava nos fins de semana — um suéter branco e largo um pouco puído, uma camiseta com os dizeres UNIVERSIDADE DA VIDA, outro blusão de flanela que eu nunca tinha visto antes, em um xadrez azul-claro, com um botão de metal no colarinho que não combinava com os outros. Será que eu poderia mesmo usar alguma daquelas coisas de adulto para ir à escola?

Peguei o suéter branco um pouco puído. Cheirava a sabão em pó e perfume de mãe. Ok, talvez não.

E a camiseta — meuDeusdocéu, sem chance. Só Zara tinha o estilo camiseta engraçadinha, e todas as dela eram traduções ruins tiradas da internet. A minha era humor de mãe, e simplesmente não tinha graça.

Se bem que a camisa xadrez não era horrível. Mas xadrez dois dias seguidos? Pode parecer estranho, como se de repente eu tivesse me transformado em uma Pessoa que Veste Xadrez.

Por outro lado, disse a mim mesma, *e daí?* A camisa parecia gasta, com um botão que não combinava, mas ela não grudava no corpo nem dava informações demais. Seria comprida o suficiente para cobrir minha bunda, e tinha bastante espaço na região do peito. Era perfeita.

E então me ocorreu um pensamento: será que minha mãe *sabia* daquilo? Que eu precisava me cobrir?

Eu me perguntei como ela soube, se é que sabia.

Turquesa

Tenho uma lembrança:

Estou com quase sete anos, cursando o segundo ano. Todos os meus amigos e eu estamos obcecados por um desenho animado de umas tigresas chamadas Ti-grrlz, que de repente estavam por toda parte: na TV, nas roupas, nas mochilas, nos adesivos. Existe até uma série de livros infantis das Ti-grrlz, e eu li todos pelo menos três vezes.

São seis Ti-grrlz diferentes, nomeadas de acordo com a cor das suas listras: Rosa, Roxa, Azul, Verde, Amarela e Turquesa. A Turquesa é minha preferida. Eu a desenho no meu caderno de ortografia todinho e levo bronca da professora.

Dezenove de fevereiro é meu aniversário, faz mais de um ano que não vejo meu pai, e ele nem me manda um presente. Minha mãe sabe que estou triste com isso e também sabe que quero produtos das Ti-grrlz. Ela compra uma mochila para mim, alguns livros e uma camiseta — tudo da Ti-grrlz Azul.

Fico arrasada. Por que minha mãe não me deu a Turquesa? Eu falo da Turquesa o tempo inteiro! Sei que ela me ouvia, mas talvez não estivesse escutando de verdade. Ou talvez, para ela, a Azul fosse parecida com a Turquesa.

Mas não digo a ela que estou decepcionada. Sei que minha mãe gastou muito dinheiro com os presentes — dinheiro com o qual ela se preocupa desde que meu pai foi embora. De qualquer maneira, tenho uma ideia brilhante: vou simplesmente colorir as listras da Ti-grrlz com hidrocor. Transformar a camiseta azul em turquesa.

E é o que faço. Só que não sou tão cuidadosa ao colorir quanto pensava. Além disso, o hidrocor turquesa acaba secando porque eu o uso muito — então a tinta acaba no meio da pintura das listras. E, é claro, minha camiseta fica pior do que antes.

Decido que não posso contar a minha mãe que estraguei o presente de aniversário que ela me deu. Faço uma bola com a camiseta e a enterro no fundo do cesto de roupa suja.

Alguns dias depois, minha mãe lava as roupas — e quando ela vê que o hidrocor manchou todas as peças, fica muito chateada.

— O que aconteceu com todas as minhas roupas de trabalho? Mila, você sabe por que tudo ficou azul?

— Acho que é turquesa — digo prestativamente. — Talvez a Hadley tenha jogado um giz de cera na máquina de lavar.

Hadley tem um ano e meio, então nós duas sabemos que é improvável.

Minha mãe olha para mim e suspira. Ela está esperando uma explicação melhor.

Fico quieta. Eu me sinto péssima por ter estragado tudo — as roupas dela e as minhas, especialmente a camiseta das Ti-grrlz que ganhei de aniversário. Mas, se eu lhe contar por que isso aconteceu, vou ter que dizer que ela me deu o presente errado.

Ela não diz uma palavra enquanto joga tudo de volta na máquina de lavar. Mas tenho certeza de que descobriu o que houve, de qualquer maneira.

Sortuda

Zara estava esperando por mim na porta da minha sala de aula. A primeira coisa que notei foi sua camiseta, que dizia DEPOIS DA BONANÇA VEM A TEMPESTADE. A segunda coisa foi que o rosto dela não estava com sua aparência matinal característica. Ela estava alerta, desperta.

— Podemos conversar? — ela perguntou.

Dei de ombros.

— Claro.

— Sobre o que aconteceu ontem no almoço — ela disse, com as palavras se atropelando. — Queria pedir desculpas. Eu deveria ter defendido você dos garotos…

— É — falei. — Deveria.

— Mas eu estava nervosa com o teste do coral, então não pensei direito, sabe? Eu só precisava muito, muito jogar basquete. E depois, quando cheguei em casa, me senti péssima, não consegui nem dormir essa noite! Você me perdoa, Mila, por favor?

Lá estava a Zara de sempre: cruel, depois arrependida. E, além disso, sem entender a parte mais importante da situação com os garotos do basquete.

Mas não tinha como não a perdoar. Seus olhos escuros estavam arregalados e pidões. Ela não estava falando por falar, parecia sincera.

— Claro que sim — falei.

Ela me abraçou com força.

Então se afastou, olhando para minha camisa azul xadrez.

— Que camisa fofa, Mila. Nunca tinha visto você usando ela. Parece confortável.

— Ah, é mesmo.

— Mas talvez fique melhor com calça legging. Ou não. Enfim.

Zara se virou para seguir na direção da sala dela, e lembrei de algo.

— Ei, como foi o teste do coral ontem?

— Eu arrasei — ela gritou por cima do ombro.

A manhã passou voando. Só de saber que as coisas tinham voltado ao normal com Zara, minha postura relaxou um pouco. Ela podia não ocupar a Cadeira Principal na Seção dos Amigos, mas eu tinha que admitir que Zara era basicamente a líder.

Além disso, os garotos do basquete não me incomodaram nenhuma vez durante toda a manhã. Mesmo que na aula de inglês, para nosso projeto de memórias pessoais, o sr. Finkelman tivesse colocado Dante para ser meu parceiro de crítica, o que significava que ele teve que ler meus dois primeiros parágrafos.

— Muito bom — ele disse quando me entregou meu texto.

Depois, na aula de espanhol, nós deveríamos fazer diálogos sobre o aeroporto, usando o tempo futuro. A *Señora* Sanchez me disse para fazer dupla com Leo.

Entrei em pânico. E acho que ele reparou.

— Não, está tranquilo, Mila — ele murmurou.

Então, fizemos todo o diálogo muito bem. *Sim, meu avião vai chegar às duas e meia. Não, não vai pousar em Madri. Vou visitar Toledo; depois vou assistir a uma tourada.*

Talvez agora tenha passado, pensei.

Talvez hoje eu esteja usando a verdadeira camisa da sorte.

Até que chegou a hora do almoço.

Armários

Pouco antes de ir para o refeitório, fui guardar meus cadernos. Era outro dia lindo, e queria ir lá para fora sem carregar peso à toa.

Meu armário ficava no canto do corredor do primeiro andar, perto do estúdio de artes. O professor de artes, sr. Buono, costumava colocar música para tocar durante o almoço — música clássica, na maioria das vezes, mas naquele dia era algo no estilo punk, provavelmente da época em que ele era adolescente. A música estava bem alta e, enquanto eu enfiava os livros no armário bagunçado, tentava decifrar a letra. Parecia que o vocalista perguntava sem parar: "Você ficou do meu lado?"

Foi então que eu senti.

A mão de alguém agarrando minha bunda.

Eu me virei.

Tobias.

— Ei, o que foi isso? — falei, quase sem ar.

— Nada.

Tobias estava com os olhos arregalados e o rosto e o pescoço vermelhos.

— Não diga *nada*! Eu acabei de sentir sua mão, Tobias!

— Não sentiu, não, Mila. Provavelmente é sua imaginação.

Um suor frio me atingiu. Nós dois estávamos sozinhos no corredor. Não havia ninguém para testemunhar o que tinha acontecido. E, com a música tocando tão alto, o sr. Buono nem chegaria a ouvir a conversa.

Mas você não entende meu ponto de vista.
Imagino que não tenha nada que eu possa fazer...

Talvez existisse um golpe de karatê para uma situação daquelas, mas eu não fazia ideia de qual seria.

Só vá embora, ordenei a mim mesma. *Agora!*

Bati a porta do meu armário e disparei pelo corredor, na direção do pátio.

Criança

Os garotos do basquete já estavam debaixo da cesta, quicando a bola uns para os outros. Provavelmente esperando por Tobias.

Passei correndo por eles de cabeça baixa, depois pela sra. Wardak, sem nem me importar de não ter ido ao refeitório primeiro, como deveríamos fazer. Meu estômago estava embrulhado; sem chance de conseguir comer.

Cadê meus amigos? Por que nunca tem ninguém por perto quando preciso deles?

Durante os minutos seguintes (dois? Três? Vinte?), andei de um lado para o outro na área das pedrinhas, me abraçando para tentar parar de tremer.

Então vi Tobias saindo lentamente para o pátio. Assim que se juntou a Leo, Callum e Dante, ouvi a gritaria e os tapinhas nas costas. Ele ficou ali parado, recebendo os tapinhas.

Ele está sendo parabenizado? Como se tivesse feito uma cesta no último segundo de jogo?

Então todos sabem o que ele acabou de fazer?

Por fim, Zara, Omi e Max se juntaram a mim nas pedrinhas, rindo de alguma piada idiota que tinham ouvido no refeitório.

Mas, no mesmo instante, Omi percebeu que algo estava acontecendo.

— Mila, está tudo bem?

— Na verdade, não — respondi.

Cuspi tudo de uma vez só: o que tinha acontecido nos armários com Tobias.

— Viu? — Zara disse. — Eu *disse* que ele gosta de você, Mila.

— Não, não! — gritei, desesperada. — Você não está entendendo, Zara, ele *não gosta*! E não é só ele! *Todos* os amigos idiotas dele, Dante, Callum e Leo, eles estão com um *lance* aí. É uma piada para eles, ou alguma coisa do tipo, e eles ficam fazendo comentários sobre meu corpo. E tentam me tocar quando não tem ninguém olhando.

— *Ah!* — Zara exclamou. Ela parecia chocada. — O Leo também?

Assenti.

— Lembra quando perguntei se era aniversário dele? Foi porque ele me enganou para que eu o abraçasse.

— Mas, Mila, por que ele faria *isso*?

— Eu não sei! Não sei!

Omi pôs o braço em volta de mim. Esperei que Zara dissesse alguma coisa, mas ela ficou quieta.

Então Max se afastou alguns passos, de olho no jogo de pique-não-pega. Observando Jared, talvez.

Eu me separei de Omi.

— Zara? Você ouviu o que acabei…

— *Sabe*, Mila — ela interrompeu bruscamente —, eu realmente não entendo por que você acha que todos esses garotos são tão obcecados por você. É meio estranho, para dizer a verdade. Porque você não é a única garota do nosso ano que tem peitos.

Meu queixo caiu.

— Eu não *disse* que sou! E nem tem a ver com meus...

— Então por que você está dizendo que todos eles estão tão apaixonados por você? Inclusive o Leo?

— Zara, eu não disse *nada disso*! Isso não tem a ver com estar apaixonado ou com gostar; tem a ver com eles estarem me incomodando!

— É bullying — Max disse.

Aquilo me assustou. Do jeito que ele estava assistindo ao jogo de pique-não-pega, eu nem tinha percebido que ele estava ouvindo. E, depois do sumiço de ontem, estava certa de que ele não aguentaria a conversa.

— Mila, eu realmente acho que você deveria contar para o sr. McCabe — ele acrescentou.

— Ah, Max, ninguém está fazendo bullying com ninguém — Zara disse, revirando os olhos. — É flerte, tá? Deixa de ser criança.

De novo essa coisa de criança.

Max cruzou os braços e fechou a cara.

— Bem, não parece flerte para *mim* — falei.

— Tem certeza? — Zara perguntou. — Como você saberia, Mila? Alguém já flertou com você?

— Fala sério, Zara — Omi disse suavemente. — Isso não é justo.

Zara a ignorou.

— Olha, Mila, tem que ter um motivo para eles estarem implicando com *você*. Esses garotos são superesquisitos e idiotas às vezes, mas eles não são monstros, né? Então, talvez, se você refletir sobre o que *você* está fazendo...

— Eu não estou *fazendo* nada, Zara!

— Mila, você já tentou falar com eles? Dizer como você se sente? — Omi perguntou gentilmente.

— Já, um monte de vezes — respondi. — E não adianta nem um pouco!

— Bem, a última coisa que você deveria fazer é colocar alguém em uma encrenca, porque aí eles vão continuar implicando, ou seja lá como você quer chamar isso. — Zara pegou uma pedrinha e a jogou por cima da cabeça de todos, na direção da Não Escola. — E, de todas as pessoas, você definitivamente *não* deveria falar com o sr. McCabe.

Imaginei o rosto robusto e rosado e os olhos desconfiados do sr. McCabe. O modo como ele treinava os garotos do basquete depois da aula todas as segundas e terças.

E, embora eu suspeitasse que Zara simplesmente não queria que Leo fosse denunciado, ainda assim não conseguia me imaginar contando tudo aquilo ao sr. McCabe.

Sexta-feira

Nas tardes de sexta-feira, o sétimo ano invadia o centro da cidade.

Era uma tradição, acho. Não havia dever de casa para o dia seguinte nem atividades extracurriculares. Então, quando o tempo estava bom, em vez de pegar o ônibus para casa, a maioria dos alunos andava alguns quarteirões da escola até onde ficavam as lojas. Iam ao Junior Jay's, ou à loja de doces, ou à pizzaria, ou à vendinha para comprar coisas aleatórias. Mas, principalmente, o que faziam era subir e descer as calçadas e, às vezes, iam para a rua, onde os policiais da cidade gritavam com eles por criarem situações de risco. (Quer dizer, *eu* nunca corri na rua, mas sabia de muitos alunos que corriam.)

Zara e Omi planejavam ir à farmácia depois da aula para ver se tinha algum esmalte novo. Max disse que tinha dentista, no que não acreditei. No almoço, depois que eu disse a ele que não queria entregar os garotos ao sr. McCabe, ele saiu para se juntar ao pique-não-pega, a primeira vez que fez aquilo por conta própria. (Embora, tecnicamente, não tivesse sido "por conta própria" — percebi que ele correu direto para Jared.)

Além disso, depois do almoço, ele foi para o ensaio da orquestra sem se despedir de mim. Então, me perguntei se ele poderia estar bravo por eu ter ignorado seu conselho de contar ao sr. McCabe. Ou talvez ele já estivesse cansado de todo o assunto. Ou talvez só não quisesse mais passar tempo com a gente. Ou comigo.

Imaginar todas essas coisas me deixou nervosa.

Quando Zara e Omi disseram que iam à farmácia por alguns minutos, considerei ir direto para casa. Eu não precisava fazer aquilo; Hadley estava brincando na casa do amigo Tyler e, às sextas-feiras, nosso vizinho, o sr. Fitzgibbons, levava Delilah para passear com seu velho cachorro, Bones. Eu sabia que podia pegar o ônibus — os garotos do basquete sempre participavam do Lance de Sexta no centro da cidade, então eu não teria que lidar com eles no trajeto.

Mas, com Max nos abandonando daquele jeito, eu sentia meu Círculo da Amizade encolhendo.

Então, decidi ir com Zara e Omi, porém:

1. Eu ainda estava brava com Zara pelas coisas que ela tinha falado para mim no almoço, especificamente sobre como eu achava que os garotos estavam "obcecados" por mim. E também sobre como eu deveria pensar no que *eu* estava fazendo, como se tudo dependesse de mim.
2. Eu não tinha o menor interesse em esmaltes.
3. Havia uma boa chance de encontrarmos os garotos do basquete.

E é claro que encontramos. Aconteceu na frente do Junior Jay's. A *abuela* de Omi tinha falado que nos daria uma carona às quatro horas, então, depois de quinze minutos entediantes na farmácia, estávamos voltando para o estacionamento da escola quando alguém gritou:

— Ei, é a Mila!

Atrás de nós havia risadas e gritos. Uma espécie de torcida.

Alguém disse:

— Ei, aonde ela vai? Espera a gente!

Meu estômago se revirou.

— Preciso sair daqui — murmurei para Omi e Zara.

Zara segurou meu braço.

— Não, Mila. Você tem todo o direito de ir aonde quiser. Você também mora aqui.

— Sim, eu sei, mas...

— *Não*. Você não pode continuar deixando isso acontecer. E se *você* não vai impedi-los, eu vou.

Senti minha garganta apertada.

— Zara, por favor. Só quero lidar com isso sozinha.

— Só que você *não* está lidando com isso, está?

— Zara, escuta a Mila — Omi implorou. — Ela está tentando te dizer...

— Dá pra ouvir! — Zara explodiu. — Mas nós precisamos defender umas às outras, Omi! Se não fizermos isso, então não somos realmente amigas, né? Olha, Mila, sei que você está muito chateada, então vou acabar com essa coisa toda por você *agora mesmo*. Olha só.

Ela andou decidida por cerca de cinco metros, até onde Leo, Callum, Dante, Tobias, Luis Garcia e Daniel Chun estavam, encostados no muro do Pie in the Sky Pizza. Daniel estava com um skate (ele tinha levado para a escola?) e Callum e Luis estavam comendo pizza.

— Ei — Zara disse em voz alta, as mãos nos quadris. — Garotos! Quero dizer uma coisa a vocês, então é melhor escutarem. A Mila está ficando de saco cheio de toda essa palhaçada que vocês estão fazendo. E eu também. Então, se não quiserem lidar *comigo*, é melhor pararem. Tá?

Droga. Os garotos a encararam. Dante sussurrou alguma coisa para Tobias, que sorriu.

— Que palhaçada? — Leo perguntou, com cara de inocente.

— Não finge que não sabe — Zara disse. De repente, ela fez algo que eu não estava esperando. Ela *sorriu* para ele. — Sabe, Leo, se continuar incomodando a Mila, vou começar a ficar com ciúmes.

O quê?

O QUÊ?

O olhar de Omi encontrou o meu. Só por um segundo, depois desviou.

— Aah, fala sério, Zara, foi brincadeira — Leo protestou.

— Bem, é melhor parar mesmo assim — Zara disse.

Ela deu uma risadinha rouca.

Leo olhou para além dela e acenou para mim, com o braço inteiro balançando em um movimento amplo, como se estivesse dizendo adeus a um navio.

— Ei, Mila, não fica brava, foi brincadeira!

— É, tá bom — rosnei.

Luis e Daniel estavam rindo.

Callum não disse uma palavra. Ele só ficou parado, comendo calmamente uma fatia de pizza.

— Bem, tudo bem, então — Zara disse. Não dava para saber se ela se sentiu estranha por Leo não ter retribuído a brincadeira dela, ou mesmo se chegou a perceber. — Então agora vocês me ouviram, né? Deixem a Mila em paz, especialmente *você*, Tobias. E é melhor que não me façam repetir.

Ela marchou de volta para onde Omi e eu estávamos.

— Missão cumprida — disse.

Ajuda

Eu não sabia se Zara esperava um agradecimento ou um elogio de mim. Provavelmente os dois.

— Viu, Mila? — ela disse enquanto voltávamos para o estacionamento da escola para encontrar a *abuela* de Omi. — Não foi tão difícil, foi? Tudo que você precisa fazer é…

Não aguentei ouvir.

— Zara, eu não sei o que você pensou que estava fazendo, mas não resolveu *nada* agora. Nada *mesmo*.

Ela se virou para mim, chocada.

— Como assim?

— Você fez tudo girar em torno de você, como *você* é ótima. Que boa amiga. E você *me* fez parecer um bebê indefeso.

— O quê? Que injusto, Mila! Pensei que você estivesse brava comigo ontem por *não* ter te defendido. Até me senti mal por isso depois! Aí agora, quando *defendo*…

— Tudo o que *realmente* importa para você é o Leo — deixei escapar.

Zara ficou de queixo caído.

— Como é?

— Você super estava flertando com ele agora! E, caso não esteja óbvio, Zara, eu não *quero* a porcaria da atenção dele! Nem de *qualquer um* deles. E sim, eu *queria* que você me defendesse ontem. Mas não *desse jeito*.

Ela bufou.

— Bem, desculpe pela minha *técnica*.

— Mila, a Zara só estava tentando ser uma boa amiga — Omi disse. Seu rosto parecia menor, como uma flor seca.

— Então ela deveria ter me ouvido — rebati. Eu estava tão brava que meus joelhos tremiam. — E *se* ela estava me defendendo, não deveria ter flertado!

Zara parou de andar. Então cruzou os braços.

— Mila — ela disse alto demais. — Posso te fazer uma pergunta? Você acha possível que o Leo esteja certo, que os garotos estejam só de brincadeira? E que talvez *você* esteja sendo um pouco sensível demais?

— Não — respondi. — Isso não é possível.

— Porque parece que você está só criticando *todo mundo*! Tudo que todo mundo faz é errado para você ultimamente!

— Ok, acho que isso é um certo exagero — Omi disse. Seus lábios tremiam; parecia que ia começar a chorar. Eu sabia que ela odiava brigas mais do que qualquer coisa.

Zara não desviou o olhar atento de mim.

— E, sério, Mila, se esse é o tipo de amiga que você acha que sou, por que ainda me dei ao trabalho?

— Sei lá, Zara — falei. — Por que você se deu ao trabalho?

Ela abriu a boca para responder. Depois, acho que mudou de ideia, porque deu meia-volta e seguiu para a farmácia.

* * *

A *abuela* de Omi nos buscou às quatro em ponto. Ela era organizada a esse nível.

Durante todo o trajeto até minha casa, Omi mal disse uma palavra. Sua *abuela* falou sobre estarem consertando o telhado, o que ia fazer para o jantar e uma consulta no dentista que precisava remarcar, e Omi só falava: "*Sí, Abuelita*" e "Ok". Lembrou as conversas que eu tinha com Hadley. *Hã. Aham.*

Por fim, quando paramos na frente da minha casa, Omi me abraçou.

— A Zara fez besteira, eu sei. Ela deveria ter te ouvido, não deveria ter agido daquela maneira com o Leo, e ela sempre explode muito rápido. Mas, por favor, não fica brava com ela, tá?

— Por que não? — perguntei. — Por que não deveria?

— Porque acho que ela só estava tentando ajudar — Omi disse. — E, para ser sincera, Mila, agora você precisa de todos os amigos que tem.

Celular

Quando abri a porta, esperava que fosse encontrar a casa vazia. A não ser por Delilah, se ela já tivesse voltado do passeio com o sr. Fitzgibbons e Bones.

Em vez disso, ouvi a voz da minha mãe vindo da sala. Ela havia chegado cedo demais. Do jeito que estava falando, dava para saber que estava no celular. E chateada.

— Não, estou falando sério.

"Bem, mas estou cansada de esperar.

"Quando?

"Ah, mas você está sempre ocupado!

"Quer saber? Estou cansada de me sentir desamparada, estou mesmo. Sei que você seguiu em frente, entendo totalmente, mas elas ainda são suas filhas! E se eu precisar ligar para um advogado...

"Então a escolha é sua, não é? Não sei o que mais...

"Não, eu...

"Não, essa conversa acabou.

"É tudo o que tenho a dizer. Vou desligar.
"Tchau, Kevin."

Fiquei ali, congelada.

Ela estava falando com meu pai.

Não

— **Oi, cheguei** — chamei. — Delilah, cadê você?

Ninguém veio latindo e correndo me receber. Como eu esperava.

Andei até a sala.

— Delilah, você... Ah, oi, mãe. Por que está em casa tão cedo?

Minha mãe olhou para mim, piscando. Seus olhos e seu nariz estavam rosados e seu rosto estava manchado. Ela ainda estava usando as roupas de trabalho e os sapatos pretos.

— Ah, oi, meu bem. Não ouvi você entrar. Você foi no centro agora há pouco com suas amigas e a avó da Omi te deu carona?

Assenti. Ela não tinha respondido à minha pergunta.

— E você se divertiu? — ela perguntou.

Não tinha como eu contar. Não quando ela parecia um lenço de papel amassado.

— É, foi ótimo — falei. — Praticamente a escola inteira estava lá. Você está se sentindo bem?

— Na verdade, meu estômago está meio irritado. Então pensei em de repente trabalhar de casa hoje à tarde.

Mas você não estava trabalhando; estava no telefone com meu pai.

— Quer que eu faça um chá? — perguntei.

— Ah, sim, camomila seria ótimo. Obrigada, meu bem!

Larguei minha mochila e fui até a cozinha para encher a chaleira. Depois de esquentar no fogão por um minuto, ouvi o celular da minha mãe tocar e ela atender, mas não consegui entender as palavras. Só que ela estava falando muito rápido, mas baixinho, como se não quisesse que eu ouvisse.

Servi o chá numa caneca em que antes estava escrito NÃO COMPRE, ADOTE. Era do abrigo de Delilah. A maioria das letras tinha desbotado, então só se lia NÃO.

— Aqui está seu chá, mãe — falei com voz alegre.

— Exatamente o que eu precisava. Obrigada. — Mamãe abriu um sorriso abalado. — É bom ter um minuto de silêncio com você antes da Delilah voltar. E a Hadley.

É mesmo?

Respirei fundo.

— Mãe, está tudo bem? Digo, no trabalho.

Ela colocou a caneca na mesinha ao lado do sofá.

— Por que está perguntando?

— Não sei, só estou pensando. Você vive dizendo que seu chefe é ruim. E ontem você estava chorando. Mas depois, no Junior Jay's, você disse que ia ganhar um aumento…

— Não, meu bem, eu disse talvez. — Ela fechou os olhos por um segundo. — E hoje descobri que não vai acontecer. Sinto muito.

— Ah. — Então, não consegui me conter. — E é por isso que você estava no telefone com o papai ainda agora? Para pedir mais dinheiro a ele?

O rosto da minha mãe se contraiu. Eu nunca tinha dito a ela que sabia que meu pai não estava nos enviando os cheques como deveria. Na verdade, nós quase não falávamos sobre ele.

— Você ouviu minha conversa no telefone? — ela perguntou suavemente.

— Ouvi, quando cheguei em casa. Não foi minha intenção, mas não pude evitar. Desculpa.

— Bem, sinto muito que você tenha ouvido, meu bem; foi entre seu pai e eu, e prefiro não falar sobre isso. Mas você sabe que não tem nada a ver com o que ele sente por vocês. Ele ainda ama muito você e a Hadley.

— Ok — falei.

Como se eu acreditasse no que minha mãe estava dizendo. Como se nós duas não soubéssemos a verdade.

Ela suspirou.

— De qualquer forma, Mila, estou lidando com isso e vamos ficar bem. Então você não precisa se preocupar com nada, tá? Especialmente com dinheiro. E, por favor, não fala nada com a Hadley.

— Por que eu falaria?

— Só... enfim. Não fale.

Nós nos olhamos.

Então minha mãe se lembrou do chá e tomou um longo gole.

— DING DONG! — o sr. Fitzgibbons gritou.

Como passeava com Delilah às sextas-feiras, ele tinha uma chave da nossa porta, mas não gostava de usá-la se achasse que alguém poderia estar em casa. Ele era velho e muito educado; nunca entrava, dizia, porque não queria que seu cachorro, o Bones, "enlameasse o piso", por mais que as patas de Delilah ficassem igualmente sujas. Então, ele sempre gritava "DING DONG" lá fora até aparecermos na porta da frente.

Minha mãe pulou do sofá e nós duas fomos receber Delilah e agradecer ao sr. Fitzgibbons.

— A Delilah não dá trabalho, trabalho nenhum — ele dizia, afastando a nota de vinte dólares que minha mãe oferecia.

Sempre que via o sr. Fitzgibbons, ela tentava pagá-lo, mas ele sempre recusava.

Então ele começou a falar sobre a nova ração orgânica que estava dando para o Bones.

— Vou te dar uma amostra para você experimentar com a Delilah — disse.

— É muito gentil, mas realmente não precisa — minha mãe negou.

— Eu insisto — o sr. Fitzgibbons respondeu. — Por minha conta. Até semana que vem, Delilah!

Minha mãe fechou a porta atrás do sr. Fitzgibbons e me olhou com olhos úmidos.

— Sempre se lembre de que existem verdadeiros cavalheiros no mundo — ela disse.

Panfleto

Na manhã de sábado, Hadley lembrou a nossa mãe que deveríamos ir à Old Navy. E eu lembrei a Hadley que ela tinha dito que precisava trabalhar.

— Na verdade, meninas, eu não vou trabalhar — ela anunciou. — E vamos adiar as compras por mais uma semana, ok?

— Ahh! — Hadley fez beicinho. — Mamãe, você prometeu. Você disse que eu podia comprar uma legging roxa e um colete rosa…

— E não esqueci, Had. Só estou pensando que este não é o melhor momento para gastar dinheiro.

Olhei para minha mãe, que estava roendo a unha do polegar. O que ela quis dizer com "não é o melhor momento"? Ela seria demitida? Talvez ela devesse ir ao escritório, no fim das contas.

— Mas tenho uma ótima ideia em vez disso — ela acrescentou alegremente. — E se nós três formos à E Moções hoje à tarde? Eles têm um monte de aulas de fim de semana…

Os olhos de Hadley saltaram.

— EBA! Eu quero fazer sapateado e hip-hop e soltos ornamentais...

Ela disse "soltos" em vez de "saltos", como se fosse o contrário de "presos ornamentais".

— É saltos ornamentais, não *soltos ornamentais* — falei, revirando os olhos. — E sabe-se lá se eles têm aula disso, Hadley.

— Ah, aposto que eles têm algum tipo de ginástica olímpica — minha mãe disse. — Vamos dar uma olhada no panfleto.

Ela saiu da mesa e voltou com um folhetinho azul que parecia um cardápio de quentinha.

— Todas as aulas parecem tão legais! — minha mãe exclamou com muito entusiasmo. — Ok, Had, que tal essa aqui? "Mat-tastic! Aprenda o básico sobre acrobacias..."

— Acrobacia é soltos ornamentais? — Hadley perguntou.

— *Saltos ornamentais*, e é parecido — respondi.

— É esse! — Hadley gritou, pulando. — Pode ser? Mamãe? Pode ser?

Minha mãe riu.

— Claro, querida. E você, Mila?

Ela empurrou o folheto sobre a mesa para que eu pudesse vê-lo. Todas as unhas dela pareciam em carne viva e roídas, não só o polegar. Aquilo me surpreendeu, porque unhas de mãe não deveriam ser assim.

— Tem alguma que você gostaria de fazer, meu bem? — ela me perguntou. — Lembre-se, ainda estamos no período de teste, então podemos fazer todas essas aulas de graça.

Mas só por duas semanas, então qual era o sentido? Não dava para aprender muita coisa em duas semanas.

Olhei para minha irmã, que ainda estava pulando, e para minha mãe, esforçando-se para parecer alegre. Fosse lá o que estivesse acontecendo com ela no trabalho, mamãe não queria que a gente soubesse, o que me dava uma impressão ainda pior. Ela também parecia querer gastar um pouco de energia, como diria Zara.

E, é claro, pensar em Zara me fez pensar em tudo que tinha acontecido na escola — e depois da escola — com meus amigos. A bizarrice com Tobias. Zara repreendendo os garotos no centro da cidade. Nossa briga depois. O afastamento de Max na hora do almoço e Omi me dizendo que eu precisava de amigos.

Mas para que servem os amigos quando eles não ouvem?

Ou, quando chegam a ouvir, não entendem?

Preciso cuidar de mim mesma.

Por conta própria.

E, de repente, eu tinha uma resposta. Talvez não fosse uma solução, mas era uma resposta para a pergunta da minha mãe.

— Karatê — falei.

Alongamento

— **Srta. Brennan, que** bom ver você de novo.

A sra. Platt estava sorrindo. E também esperando por alguma coisa, aparentemente.

Mas o quê? Eu já tinha tirado os sapatos.

— Err, oi — falei. — Só estou aqui para o período de teste, é por isso que não tenho uniforme.

— Você quer dizer um *gi*.

— Isso, um *gi*. Também não tenho faixa.

— Não tem problema — a sra. Platt disse.

Seus olhos brilhavam. Ela ainda não tinha saído do lugar.

Atrás dela, Samira me olhou nos olhos. *Curvar*, ela falou sem emitir som, e fez o gesto da reverência.

Ah, verdade.

Eu me curvei para a sra. Platt, que se curvou de volta.

— Srta. Brennan, nós sempre começamos a aula com alongamentos — ela explicou. — Vou colocar você em dupla com a srta. Spurlock; ela vai demonstrar para você no tatame.

Meu coração afundou. Não fazia nem um minuto que eu tinha chegado e já deveria seguir a srta. Spurlock — Samira —, que aparentemente também era a queridinha da professora ali. Ou queridinha da *sensei*, ou seja lá como devemos chamar.

Mas, no mesmo instante, Samira explicou que estudava karatê em um *dojo* diferente havia dois anos, então ela sabia de verdade o que fazer. Ela me mostrou um monte de alongamentos — sentada, ajoelhada, de pé — que aqueciam os tendões, os músculos laterais e os joelhos. E ela não estava demonstrando de um jeito exibido; era mais como se se importasse que eu aprendesse da maneira correta.

— Tente não balançar ou quicar, srta. Brennan — ela me orientou. — Seja suave e lenta.

Ok, pensei. *Mas não estou aqui para ser suave e lenta. E você vai mesmo me chamar de srta. Brennan? Porque sério...*

Mais alguns alunos chegaram — uma garota de ascendência asiática que parecia ter oito anos, uma ruiva mais ou menos da minha idade, um garotinho de pele negra e voz alegre e uma adolescente assustadoramente pálida com um piercing no nariz.

— Sem joias, srta. Nathan — a sra. Platt disse a ela. Sua voz era amigável, mas inflexível.

— Ah, fala sério — a garota implorou. — Não vai ser um problema, sra. Platt, prometo.

— Srta. Nathan, você conhece as regras do *dojo*. Não vamos perder tempo. Tire as joias, e depois eu gostaria de ver o sr. Chowdhury e a srta. Spurlock guiarem os três primeiros *shobus*. Srta. Spurlock e sr. Chowdhury, tomem distância, por favor.

Os outros alunos se alinharam no tatame, então fiz o mesmo. Observamos Samira e o garoto de voz alegre fazerem alguns movimentos, repetidas vezes, enquanto a sra. Platt narrava. ("Um passo para trás, braços para dentro, srta. Spurlock, lembre-se de começar com o nó dos dedos superiores; agora esquiva e bloqueio, sr. Chowdhury, muito bem, agora inverta.")

Então a sra. Platt ergueu os braços.

— Agora, para o restante de nós, vamos desenvolver um pouco de memória muscular. *Hajime*.

Os outros alunos começaram a fazer os movimentos e, depois de todas as repetições, eu também consegui fazer. Bem, quase. A sra. Platt fez dupla comigo, e o tempo inteiro dizia coisas como "Dobre o cotovelo quarenta e cinco graus, estique essa perna, dê um passo maior". Mas não me senti envergonhada, incapaz ou isolada. Assim como quando Samira fez dupla comigo para os alongamentos, a sra. Platt parecia estar me incentivando, e ficou feliz quando finalmente dei um soco direto "claro e preciso".

Depois disso, todos nós treinamos chutes frontais e laterais enquanto a sra. Platt contava em japonês. Fizemos os chutes repetidas vezes, até os músculos das minhas coxas doerem e as solas dos meus pés formigarem.

Fiquei suada. Cheguei até a fazer um *kiai* tão alto que a srta. Nathan, a garota que teve que tirar o piercing, me cumprimentou. Depois da aula, Samira se aproximou.

— E aí? Karatê não é ótimo?

— É, sim — falei. — É muito divertido.

— E, Mila, acho uma ideia *muito* boa você estar fazendo essas aulas — ela murmurou. — Por causa de tudo aquilo com os garotos na escola.

Assenti.
— É. Essa era basicamente a ideia.
Mas não pude deixar de pensar:

O que as coisas de hoje —
a reverência, a contagem em japonês,
até mesmo os movimentos no tatame,
que meio que pareciam passos de dança —
têm a ver com
as risadas no pátio
os comentários
o contato no ônibus
nos armários
na sala de música?

Negócios

— Mila, acorda.

Eu não queria; estava no meio de um sonho. Não era um sonho divertido — eu estava correndo por uma estação de trem complicada, perdida e atrasada para alguma coisa —, mas parecia real demais para desligar.

— Mmf. Por quê?

Minha mãe sacudiu meu ombro gentilmente.

— Preciso falar com você, meu amor — ela disse.

Eu me sentei. Minha boca estava azeda e pastosa, como se eu tivesse engolido uma lesma.

— Que horas são?

— Oito e meia.

— Não estou atrasada para a escola?

— Não, meu amor, hoje é domingo. Mas vou ao trabalho…

— Espera, o quê? — Meu cérebro girou. — Pensei que você tivesse dito…

— Sim, mas agora meu chefe disse que preciso ir. Para uma reunião especial.

— Em um domingo? — Esfreguei meus olhos com remela. Ela não estava nem usando suas roupas de trabalho. — Mãe, isso é loucura. E não é justo.

— Eu sei. — Ela fez uma pausa. — Falei com o sr. Fitzgibbons para ver se você precisa de alguma coisa, e Molly Ames disse que vai dar um pulo aqui para cuidar da Hadley...

Gemi.

— *Por favor*, ela não. Eu mesma cuido da Hadley.

— Bem, a Molly já concordou em vir, e vai trazer a Cherish. A menos que eu volte antes do almoço, o que pode muito bem acontecer. Não sei.

Pouco a pouco tudo foi ganhando foco.

— Mãe, por que você estaria de volta antes do almoço? Quer dizer, se você vai se despencar até o escritório...

— Porque é possível que eu seja demitida, meu bem — minha mãe disse baixinho. — Sabe, estou na mira do meu chefe ultimamente.

— Mas por quê? Você nunca fala sobre isso.

Ela suspirou.

— Mãe, não sou um bebê.

Ela esticou a mão para ajeitar meu cabelo bagunçado.

— Eu sei, meu bem. Ok, bem rápido, porque preciso sair: notei que alguns números nas finanças não estavam batendo, então relatei isso ao chefe do meu chefe. E, é claro, quando *meu* chefe descobriu, ficou furioso. Comigo. — Ela deu um sorrisinho de lado que não era nem de longe um sorriso. — Mas não vamos nos preocupar com as coisas antes que elas aconteçam. Tá?

— Tá — concordei.

Mas de uma coisa eu tinha certeza: do jeito que ela ficava me dizendo para *não* me preocupar, definitivamente havia algo com que se preocupar.

Jaqueta

Mais ou menos uma hora depois, a campainha tocou. Eram a sra. Ames e Cherish, que chupava o polegar esquerdo e segurava na mão direita um coelhinho amarelo felpudo e molenga. A sra. Ames estava usando um batom vermelho vivo e uma jaqueta preta de couro com zíperes demais.

— Bom dia, Mila! — exclamou. — A Hadley está pronta?

— Para o quê? — perguntei.

Definitivamente não saiu tão educado quanto eu pretendia, e por um segundo pensei que ela fosse ameaçar me entregar ao sr. McCabe.

Mas a mulher abriu seu sorriso exagerado.

— Está um dia tão bonito lá fora, pensei que poderíamos dar um passeio até o parque e levar a Delilah. E é claro que você é bem-vinda para se juntar a nós, Mila.

— Não, obrigada — falei. — Tenho dever de casa.

— Outro *projeto*?

A sra. Ames chegou a piscar para mim. Fingi não perceber.

— Hadley! — gritei.

Minha irmã arrastou-se até a porta. Ela estava toda arrumada para sair, a não ser pela calça de pijama cor-de-rosa desbotada.

— Hadley, você não pode sair assim — falei.

— Ah, claro que pode — a sra. Ames disse numa voz melosa. — Não tem problema nenhum, querida.

— Bem, nossa mãe gosta que a gente se vista de um jeito *normal* — falei, dando uma olhada na jaqueta de couro. — Hadley, você não tem nenhuma legging...

— Não! — Hadley gritou. — Mamãe disse que levaria a gente para *comprar* algumas. E ela não está *aqui*.

O lábio inferior de Hadley estava se curvando em um beicinho e, do jeito que sua voz vacilava, pensei que ela fosse ter uma crise de choro.

A sra. Ames também pensou, acho, porque pegou a mão de Hadley.

— Bem, a mamãe teve assuntos importantes para cuidar nesta manhã, docinho. Tenho certeza de que ela vai te levar às compras assim que puder. Cadê a Delilah?

— Vou pegar — murmurei.

Fui até a sala. Delilah estava dormindo em nosso velho sofá, como fazia a maior parte do tempo ultimamente. Eu a envolvi com os braços, inalando seu cheiro de torrada queimada. Então, cutuquei sua barriga para acordá-la. Ela fungou, esticou as patas traseiras e continuou dormindo.

Durante todo o tempo em que cutuquei nossa velha cadela para acordá-la, fiquei pensando em como ela era sortuda de estar tendo sonhos caninos por alguns segundos a mais antes de ter que se levantar e encarar o mundo fora do sofá.

Omi

Um tempinho depois que a sra. Ames saiu com Hadley e Delilah, duas coisas aconteceram.

A primeira foi que Omi apareceu — sem ligar ou enviar mensagem antes. Aparentemente, ela tinha vindo direto da igreja, então estava vestida de um jeito que eu nunca tinha visto: um vestido azul-claro com um cardigã branco, sapatilhas, o cabelo em um coque arrumadinho, com presilhas. Ela parecia uma aluna de segundo ano, mas bonita.

— Mila, posso falar com você? — ela perguntou na porta. Parecia estar sem fôlego, embora o carro de seu *abuelo* estivesse na entrada da nossa casa, então ela não poderia ter vindo a pé. — Digo, a sós? Agora?

— Na verdade, sim — respondi. — Não tem ninguém em casa. Nem mesmo a Delilah.

— Só preciso avisar meu *abuelo*. — Omi correu até o carro, disse algo em espanhol pela janela aberta e então voltou correndo. — Só posso ficar dez minutos. Estamos indo para a casa da Tia Rosario.

— Seu avô quer entrar? Posso fazer um chá...

— Ele disse que vai esperar no carro.

A expressão no rosto de Omi — contraída e pálida, o oposto de seu normal — fez com que eu não perguntasse nada. Eu a levei até nossa pequena cozinha.

— A gente pode conversar aqui — falei, de repente envergonhada da bancada bagunçada e da louça acumulada na pia. Minha mãe não tinha nem tirado a mesa do café antes de sair para o trabalho, o que era extremamente estranho vindo dela. — Ou podemos ir para meu quarto — acrescentei. — Ou para a sala, mas está com cheiro de cachorro...

— Aqui está bom. Mila, tenho que te contar uma coisa. É bem ruim.

Meu estômago se contraiu.

— Ok.

— Agorinha mesmo, depois da igreja, o Hunter veio falar comigo. E me mostrou uma coisa no celular dele.

— Espera — falei. — Hunter Schultz? O inimigo do Max?

— É, mas ele não é mais assim. Está diferente agora.

— Então tááá — respondi, desconfiada.

Omi torceu as mãos.

— Enfim, o que ele me mostrou foi um tipo de jogo que os garotos estão jogando. Tipo um cartão de pontos.

— Aham. — Minha boca secou. Fiquei com frio.

— E, Mila, era sobre *você*. Os pontos eram por dizer coisas a você, tocar seu corpo, suas roupas... — A mão de Omi voou até a boca e ela começou a chorar. — Sinto muito.

— Pelo quê? — perguntei. — Você não fez nada.

Peguei um papel toalha e entreguei a ela. Parte de mim estava em choque. Outra parte não estava nem um pouco surpresa. Pela maneira como os garotos do basquete tinham aplaudido Tobias depois do que aconteceu no meu armário, realmente *parecia* um jogo. Um esporte.

— Então, posso ver esse cartão de pontos? — perguntei.

Omi secou os olhos enquanto sacudia a cabeça.

— Não. Quer dizer, pedi ao Hunter para me mandar, mas ele não quis. Disse que não queria prejudicar ninguém.

— Uau, que ótimo amigo.

— Bem, mas ele *foi* legal de ter me mostrado, né? Ele não precisava fazer isso.

— Acho que sim. — Engoli em seco. Parecia que havia pedrinhas na minha garganta. — Então, todo mundo sabe disso?

— Não tenho certeza. Mas *eu* não vou contar a ninguém. Nem mesmo a Zara, se você não quiser.

Zara? Eu nem mesmo conseguia pensar nela no momento.

Minha mente estava acelerada. O que exatamente eu deveria fazer com aquela informação? Mesmo se quisesse falar com o sr. McCabe, eu não tinha nenhuma prova. Os garotos poderiam simplesmente negar que o jogo existia. E Hunter não serviria de testemunha, se ele se recusava a enviar o jogo para Omi.

Quanto a Omi, ela era uma ótima amiga, talvez a única amiga verdadeira que me restava. Mas eu não conseguia imaginá-la acusando alguém e arriscando a raiva de Zara — ou enfrentando todos aqueles garotos.

— Mila, andei pensando muito sobre isso — Omi dizia —, e, de agora em diante, você realmente não deveria ficar sozinha na escola, ok? Tente andar junto de outras pessoas, não vá aos armários sozinha, tenha sempre uma testemunha...

— Omi, isso é impossível!

— Provavelmente, mas você precisa *tentar*. — Ela me envolveu em um abraço. — E talvez isso logo pare, de qualquer maneira.

— Por que pararia? — perguntei amargamente.

— Porque não pode continuar acontecendo — Omi disse.

Ótima

A segunda coisa que aconteceu de manhã:

Uma hora mais tarde, às quinze para o meio-dia, minha mãe irrompeu pela porta da frente, cheia de compras nos braços.

— Cadê a Hadley? — perguntou.

— Está no parque com a sra. Ames. E Cherish. E Delilah.

Ela começou a jogar coisas na geladeira — e para fora dela. Literalmente *jogar*, sem cuidado algum, diferente do que costumava fazer.

— Mãe, você está bem? — perguntei, enquanto ela jogava um pé de alface velho do outro lado da cozinha, errando a lata de lixo por alguns centímetros.

— Estou *absolutamente ótima* — ela declarou. — E tenho uma grande notícia. Adivinha só, Mila, pedi demissão!

Eu a olhei fixamente.

— Pediu? Quer dizer, agora mesmo, quando você foi ao escritório?

— Isso! E vamos ficar *ótimas*, então não se preocupe. Me passa aquela esponja, por favor?

Eu entreguei a esponja a ela.

— Aquele chefe era mesmo um babaca com você, né, mãe?

— Ele era mesmo! E mereço coisa melhor. Esta *família inteira* merece coisa melhor!

Ela começou a esfregar a bancada, o tempo inteiro falando sobre como se sentia ótima, como aquilo era positivo, como ela com certeza ia encontrar outro emprego rapidinho, com um chefe melhor que fosse uma pessoa decente e honesta. E com um salário maior também, provavelmente.

Alguns minutos depois, a sra. Ames, Hadley, Cherish e Delilah entraram, e minha mãe repetiu todo o discurso. Ainda mais alto na segunda vez.

— Mamãe? — Hadley chamou quando nossa mãe finalmente parou para respirar. — Isso significa que podemos ir na Old Navy hoje? E que posso comprar leggings roxas?

Nossa mãe jogou a cabeça para trás e riu, como se fosse a coisa mais fofa e engraçada que qualquer criança já tivesse dito.

— É claro que sim, querida. E depois vamos dar um pulo na E Moções, e então vamos sair para jantar no Junior Jay's!

Jogo

Minha mãe insistiu em comprar muitas roupas na Old Navy, não só para Hadley, mas para mim também. E, por mais que eu estivesse definitivamente assustada por ela ter pedido demissão, o que significava que teríamos ainda menos dinheiro do que o normal, também estava muito contente por algumas coisas novas: três suéteres de algodão larguinhos nas cores roxo-escura, azul-marinho e preta e duas calças jeans que cabiam sem ter que ficar puxando. Então, não resisti. Mas, quando voltamos para o carro e minha mãe começou a reclamar do preço da gasolina, me perguntei se talvez eu devesse ter resistido.

Chegamos à E Moções às quinze para as quatro. Minha mãe tinha conferido a programação de domingo no celular, então sabíamos que havia uma aula de ginástica que ela poderia fazer às quatro, e Hadley poderia tentar algo chamado "dança de jazz" às quatro e quinze.

Quanto a mim, não estava muito a fim de me mexer, de qualquer maneira. Ainda estava meio atordoada. Não só pela demissão da minha mãe e a ideia de passarmos fome. Também pelo lance do jogo dos garotos sobre mim. Mais ainda por este último, para dizer a verdade.

E, quanto mais eu pensava, mais raiva sentia.

Eu sou um jogo?
As pessoas ganham pontos se esbarrarem em mim?
Talvez o abraço valha cinco pontos.
E apertar minha bunda valha vinte e cinco.
Quanto valem os comentários?
Talvez um ponto se eu não responder.
Ou um ponto se eu responder.
E, além disso:
Quem mais sabe desse jogo idiota?
Se o Hunter sabe, ele não deve ser o único.
Talvez todos os amigos dele saibam.
Talvez todo o sétimo ano.
Até mesmo —
Por exemplo,
Liana Brock, que faz o rosto ficar sem expressão —
as garotas.

Café da manhã

A manhã de segunda-feira foi estranha. Normalmente, minha mãe passava o café da manhã inteiro pedindo para a gente se apressar, tomar nosso café, passar pela porta. Mas, naquele dia, ela estava meio sonolenta, ainda de pijama e robe, embora Hadley tivesse que chegar ao ponto de ônibus e eu precisasse da carona dela para a escola.

— Então, o que você vai fazer hoje? — perguntei a minha mãe enquanto afogava um pouco de Nescobol em leite semidesnatado.

— Ah, não sei — ela disse, bocejando. — Começar a procurar emprego, imagino.

Você não deveria estar mais desperta para isso? E um pouco mais... arrumada?

— Mamãe, você tinha que comprar umas leggings roxas — Hadley declarou. — Aí nós seríamos gêmeas.

Minha mãe sorriu.

— Isso seria divertido. Ei, falando em leggings roxas: depois da aula hoje, quem quer ir à E Moções?

— Eeeeu! — Hadley gritou.

— Mila, e você?

Dei de ombros.

— Claro. Mas, mãe, você não deveria…

Minha mãe ergueu as sobrancelhas.

— Deveria o quê?

Procurar emprego. Não perder tempo na aula de ginástica.

Acho que ela percebeu no que eu estava pensando, porque disse:

— Caso você esteja se perguntando, Mila, vou fazer um monte de ligações hoje de manhã. Tenho alguns caminhos que me deixam esperançosa. E ir à E Moções é ótimo para o estresse. Não que eu esteja estressada; quero dizer que é bom no geral.

— Ok — falei.

Ela bebeu um pouco de café.

— Não se atrase depois da aula. Nada de "projetos", tá?

Não respondi. Mas espiei Hadley, que estava comendo seus Açucarilhos um por um, com os dedos. Será que ela tinha contado a minha mãe que me atrasei no outro dia, embora tivesse prometido que guardaria segredo? Ou será que foi a sra. Ames?

Tinha uma forte suspeita de que tinha sido a sra. Ames.

Mas, de qualquer maneira, a ideia de ter que pegar o ônibus para casa naquela segunda-feira — e talvez todos os dias, até minha mãe arrumar outro emprego — me embrulhou o estômago.

Desculpas

— **Ei, Mila, blusa** legal — Zara disse.

Ela estava me esperando na frente da minha sala de aula. Será que ia ser a parte do pedido de desculpas do Ciclo da Zara? Depois da parte malvada?

Se bem que, espera — *teve* uma parte malvada?

Revisitei mentalmente nossa briga na sexta-feira. Zara tinha dito e feito um monte de coisas que me deixaram furiosa, mas, para dizer a verdade, não conseguia me lembrar de nenhuma *maldade de fato*.

Pisquei para a camiseta dela, que dizia SE SINTA SATISFEITA! Abaixo da frase havia um marshmallow sorridente com braços e pernas.

— Obrigada — falei. — Minha mãe levou a gente para fazer compras ontem.

— Bom, você fica bem de roxo. Enfim.

Zara deu um sorriso incerto. De repente, percebi que ela estava esperando que *eu* pedisse desculpas, o que era loucura. Porque eu sabia que não tinha feito nada de errado — e, por mais que Zara não tivesse sido má comigo, ela ignorou meus sentimentos sobre confrontar os garotos, flertou com Leo (o que eu ainda não conseguia acreditar) e, quem sabe, possivelmente piorou ainda mais a situação.

Mas eu tinha que admitir que Omi estava certa: eu precisava dos meus amigos. Especialmente sabendo que os garotos estavam compartilhando aquele cartão de pontos.

— Me desculpa por sexta-feira — soltei. — Eu não deveria ter dito aquelas coisas para você. Sei que você só estava tentando me defender.

— Aaah, Mila, você só estava chateada — Zara disse. — Está tudo bem.

Ela me deu um abraço apertado.

Esperei que me dissesse *Me desculpa também*. Mas não aconteceu.

E foi assim que eu soube que não podia contar a ela sobre o cartão de pontos.

Estante de partitura

Eu sabia que o conselho que Omi tinha me dado — fique sempre cercada de gente, tenha sempre testemunhas — fazia sentido, mas é claro que eu não tinha como de fato segui-lo. Sem ter ideia de quem sabia sobre o cartão de pontos, quem tinha visto as outras coisas acontecerem, quem sabia, mas fingia não saber... não dava para confiar nos meus colegas para me proteger. Além disso, me forçar a ficar constantemente ao lado de outras pessoas, andar em grupo, meio que fazia parecer que eu estava me escondendo. E a ideia de que eu precisava me esconder me fez sentir como se *eu* tivesse feito algo de errado, o que definitivamente não era o caso.

Então, exceto na hora do almoço, eu basicamente fiquei na minha. Quieta, cautelosa, alerta.

Nada de ruim aconteceu.

Até a hora da banda.

Quando cheguei na sala de música, Leo estava na minha cadeira, conversando com Callum e Dante.

— Licença — falei.

Eles me ignoraram. Falei de novo.

Leo olhou para cima. Seu cabelo estava caindo por cima dos olhos de um jeito que Zara provavelmente gostava.

— Sim?

— Você sabe exatamente o que é, Leo — falei. — Você está na minha cadeira. A aula está quase começando, então preciso arrumar minha estante de partitura e tudo mais, tá?

Leo murmurou alguma coisa para Callum e Dante, que começaram a rir. Então, ele foi para a seção dos saxofones, e Dante sentou-se na sua cadeira na fileira atrás da gente.

— Então, Mila, sobre a estante — Callum disse. — A gente vai precisar dividir hoje. Deixei minha partitura em casa, então vou acompanhar com você.

Não foi um *Posso*. Ou um *Tudo bem se*. Ou um *Por favor*.

— Na verdade, acho que não vai dar certo — falei entre os dentes.

Ele pareceu surpreso.

— Por que não?

— Porque, Callum, não *quero* dividir com você.

Ele arregalou os olhos.

— Sério? Bom, que pena, Mila. Porque sou o líder desta seção e vamos ensaiar meu solo hoje. E a sra. Fender não vai ficar feliz se você me atrapalhar.

— Nem o resto da banda — Dante disse atrás de mim.

Senti meu rosto ficando quente até o couro cabeludo. Senti vontade de gritar, mas não queria que mais ninguém ouvisse a conversa. Então sussurrei com raiva:

— Ah, e se eu dividir minha estante, quanto isso vale para você, Callum? Um ponto? Dois pontos?

— Do que você está falando? — ele perguntou.

Callum usou seu tom de voz normal, para que todo mundo pudesse ouvir. O que me deixou ainda mais irritada.

— Não finge que não sabe — murmurei. — Vocês têm um cartão de pontos idiota. Estou sabendo de tudo, tá?

Callum riu. Realmente *riu*.

— Fala sério — ele disse. — Não quer dizer nada, Mila. É só um jogo.

Foi então que a sra. Fender entrou correndo pela sala.

— Me desculpem pelo atraso. Vamos pegar "Pirate Medley" da segunda seção até o final do décimo compasso. Samira, quero ouvir aquele Si bemol bem redondinho desta vez. Trombones, mantenham uma batida constante. Callum, quando chegar a vez do seu solo, por favor, fique de pé. Estão prontos, banda? Quero ver postura perfeita, peitos abertos. *Um* e *dois*...

Pressionei meus lábios secos no bocal, mas estava com um aperto no peito e era difícil respirar.

Não quer dizer nada. É só um jogo.

Quando Callum ficou de pé para tocar sua primeira nota — dó —, o som foi tão alto que fez meus ossos vibrarem.

Era como se meu corpo inteiro estivesse sendo invadido.

Então, sem pensar no que estava fazendo, dei um pontapé na estante e "Pirate Medley" saiu voando.

Bem

Depois que todos os outros alunos saíram da sala de música, a sra. Fender se virou para mim. Sua voz estava séria, mas não cruel.

— O que está acontecendo com você, Mila? Você anda meio aérea ultimamente. Na semana passada teve aquele problema entre você e o Dante. E hoje…

— Me desculpa! — soltei. — Meu pé escorregou.

— Não, Mila, não escorregou. Eu estava olhando. Você chutou aquela estante de propósito.

Senti como se tivesse caído num poço. Que *baque*.

— Prometo que não vai acontecer de novo — tentei, a voz estrangulada.

Então, ela me olhou do jeito que minha mãe me olhava, como se estivesse procurando por algo específico. Uma pista escondida.

— Mila, posso te perguntar uma coisa? — ela disse gentilmente. Não fez voz de professora. — Está tudo bem? Digo, em casa.

Fiquei tão chocada com a pergunta que tudo que fiz foi assentir com a cabeça.

— Porque sei que, às vezes, quando as crianças estão lidando com problemas familiares, como doença ou divórcio, elas acabam guardando para si mesmas. — Seus olhos cinzentos eram grandes e suaves. — Mas, mais cedo ou mais tarde, acabam extravasando. Normalmente na escola.

— Minha família está bem. Estamos todos ótimos, na verdade.

Embora, para dizer a verdade, eu esteja apenas supondo em relação ao meu pai. Mas minha mãe está bem, para uma pessoa desempregada.

— E você está se dando bem com todos os seus amigos?

— Estou. Basicamente.

Se não levarmos em conta todas as brigas com Zara. E o fato de Max estar meio que se afastando.

A sra. Fender suspirou. Ela esfregou a testa com dedos longos e graciosos.

— Bem, sinto muito fazer isso, Mila, mas, como já tive que falar com você sobre seu comportamento antes, agora vou te mudar de posição.

Me mudar de posição?

Isso significava me colocar na última fileira com todos os alunos que não tiveram aulas durante as férias, nunca treinavam em casa, não vinham mais cedo para ensaiar. E provavelmente nunca nem ouviram o som de céu azul nos seus trompetes.

— Ah, não, não precisa fazer isso! — implorei. — Por favor!

— Infelizmente, acho que preciso. — A sra. Fender estava chateada, mas saber disso não me fazia sentir nem um pouco melhor. — Sabe, coloquei você do lado do Callum porque, no momento, ele é nosso melhor trompetista. Mas sempre achei que você tivesse potencial para se sentar na primeira cadeira um dia. A menos que eu esteja errada sobre você. Estou errada sobre você, Mila?

Ela estudou meu rosto de novo, em busca de pistas. Mas a vergonha que queimava em minha garganta doía demais para responder.

Diferente

Durante o restante das aulas, meu estômago ficou embrulhado com o que a sra. Fender tinha me dito, e também por ter que pegar o ônibus para casa. Mas, às duas e trinta e cinco, quando o sinal tocou, me lembrei de uma coisa boa: era segunda-feira, o que significava que os garotos ficariam para o treino de basquete com o sr. McCabe. Então, eu não teria que lidar com eles no trajeto de ônibus para casa. Uhu.

Eu me sentei perto da janela, respirando normalmente pela primeira vez em toda a tarde.

Samira e Annabel se sentaram à minha frente. Pensei que elas fossem me ignorar, como costumavam fazer. Mas não.

— Mila, o que aconteceu na banda hoje? — Annabel perguntou. — Por que você chutou a estante do Callum daquele jeito?

— Não era a estante *dele*, era a minha — respondi. — E ultimamente ele tem me tirado do sério.

— É, eu sei o que você quer dizer. Ele se acha a estrela. Quer dizer, ele é um bom trompetista, mas… — Ela revirou os olhos.

— Bem, de qualquer maneira, Mila, seu chute foi claro e preciso. — Samira sorriu para mim. — Bem no alvo.

— Obrigada. — Sorri de volta.

— Então, você vai na aula de karatê hoje?

— Acho que sim.

— Por que não tem certeza?

— É complicado. Uns lances com a minha mãe.

Ela assentiu. Todo mundo tinha *uns lances com a mãe*.

— Mas você gosta de karatê, né? Você me disse que gostava.

— Gosto, é divertido. Mas… — Dei de ombros.

— Mas o quê?

— Não sei para que *serve*, exatamente.

— Sério? — Os olhos de Samira brilharam por trás dos óculos. — O karatê ajuda a gente a ficar mais forte. E também a se sentir melhor.

— É, acho que sim.

Ela me olhou fixamente.

— Mila, você só esteve lá *duas vezes*. Não dá para esperar se sentir diferente depois de só duas aulas!

Eu sabia que ela estava certa: duas aulas não eram nada. E duas semanas não seriam muito melhores.

Mas eu quero *me sentir diferente?*

De quê?

De mim mesma?

Inaugural

Se minha mãe tinha feito algum progresso na busca por um emprego, ela não mencionou quando passei pela porta. Ao menos ela não parecia mais sonolenta, nem mesmo chateada; ela simplesmente parecia agitada, como se estivesse ansiosa para que Hadley e eu chegássemos da escola para irmos à E Moções fazer abdominais, alongamentos ou o que quer que ela fizesse por lá.

— Vocês não querem trocar de roupa, meninas? — ela nos perguntou enquanto amarrava os tênis. — Talvez seja uma boa ideia não suar nas roupas novas.

— Não, mamãe, eu *prometo* que não vou ficar suada — Hadley implorou.

— Had, assim o exercício perde o propósito — falei.

Mas não conseguimos convencê-la, e a aula de jazzercício da minha mãe começava em doze minutos, então apenas vesti uma camiseta desbotada e uma calça de malha velha que grudava no quadril, e nós três entramos no carro e seguimos até lá.

* * *

— Olá, Mila e Hadley! — Erica nos cumprimentou na recepção, abrindo seu sorriso branco. — Essa deve ser a mãe de vocês? — Ela estendeu a mão para minha mãe apertar.

Mamãe riu, abaixando o queixo. Era engraçado vê-la acanhada.

— Pode me chamar de Amy — ela lhe disse.

— Bem, Amy, é um prazer receber toda a sua família no nosso clube! E, assim que vocês todas estiverem estabelecidas nas aulas, vamos cuidar da papelada e acertar suas taxas de adesão. Acho que a oferta inaugural de vocês está perto de acabar, né?

Erica fez o mesmo movimento tosco que eu achava que fosse seu passinho de dança. Talvez fosse como ela comunicava suas "e moções" em geral.

Minha mãe piscou.

— É verdade. Mas ainda falta mais ou menos uma semana, acho.

— Bem, aproveitem suas aulas gratuitas! E, quando estiverem prontas para fazer a matrícula, é só me procurar. Estou sempre em algum lugar por aqui; eu costumava ter uma gerente de escritório, mas agora sou só eu!

— Tá certo, vou fazer isso.

Olhei para ela. Mamãe estava falando sério sobre se matricular? Parecia que sim, mas não fazia sentido. Não se ela sequer tivesse um emprego.

Eu costumava ser capaz de saber quando ela estava mentindo, mas ultimamente não tinha tanta certeza.

Surpresa

Na sala de karatê, Samira estava conversando com a sra. Platt no canto oposto, perto dos aparadores pretos que usávamos para treinar os chutes. Não dei muita atenção, até que a sra. Platt fez um anúncio no início da aula.

— Pensei em mudar um pouquinho as coisas hoje — anunciou. — Em vez da aula normal de karatê, vamos treinar algumas estratégias simples de defesa pessoal. Porque, vamos ser realistas: fora deste *dojo*, se vocês sofrerem uma ameaça de ataque, não vão estar num tatame, vestindo um *gi*, com uma *sensei* do lado para orientar vocês.

Samira estava sentada a alguns centímetros de distância, perto de Destiny Nathan, a garota que não podia usar piercing. Nossos olhares se encontraram e, no mesmo instante, eu soube. Samira tinha contado à sra. Platt sobre os garotos do basquete.

O engraçado é que não me senti envergonhada. Nem fiquei com raiva dela, de verdade.

— Por favor, fiquem todos de pé — a sra. Platt pediu. — Nada de japonês hoje, e vamos todos usar o primeiro nome.

Destiny, vamos fingir que você está andando na sua rua, cuidando da própria vida, quando de repente alguém se inclina para fora de um carro e faz um comentário desagradável sobre suas roupas. Como você reage?

Destiny bufou.

— Dá licença, imbecil, mas quem pediu sua opinião besta sobre minhas roupas? Em primeiro lugar, eu *sei* que meu look é legal, porque eu não usaria se não fosse, tá? E em segundo lugar, desculpa, cara, mas como você está conseguindo ver alguma coisa do seu carro?

— Ok, pode parar — a sra. Platt disse, sorrindo um pouco. — Palavras demais, Destiny. Nunca diga "dá licença" ou "desculpa", e não termine as frases com perguntas. A primeira regra da defesa pessoal é: não peça validação ao agressor. Nunca peça desculpas por se defender. Vamos tentar de novo. Samira, finja que foi mal na prova de matemática e algum aluno da sua turma chamou você de burra.

— Bem, não sou burra — Samira disse em voz alta. — E, para provar, não vou entrar na sua onda.

Ela cruzou os braços por cima do peito.

— Legal — a sra. Platt elogiou. — Gosto da maneira como você se recusou a se envolver. Mas não cruze os braços, Samira; isso transmite vulnerabilidade. Busque uma posição confiante e relaxada, uma boa postura, expressão neutra no rosto, mãos abertas e à sua frente. *Ou* mãos nos quadris; isso passa uma imagem mais combativa, o que pode ser o que você procura, dependendo das circunstâncias. Além disso, não *diga* que não vai entrar na onda da pessoa; simplesmente não entre. Quanto mais curta a resposta verbal, melhor.

— Podemos fazer o *kiai*? — Jacob perguntou.

— Não, Jacob — Destiny respondeu. — Não fora do *dojo*. Vai ser estranho para as outras crianças.

— Isso pode ser verdade — a sra. Platt admitiu. — Mas lembrem-se também do que eu disse sobre o *kiai*: é um grito espiritual, então, na verdade, pode ser qualquer palavra. Tentem com "ei". E sempre façam o *kiai* com os olhos. Assim.

Ela gritou "Ei!" e nos lançou um olhar tão intenso que tivemos que rir.

— Mas pensei que você tivesse dito que deveríamos manter a expressão neutra — Samira disse.

— Algumas vezes, sim — a sra. Platt concordou. — E outras vezes, não. Depende completamente das circunstâncias. Se você quiser neutralizar uma situação emocional, use a expressão neutra. Se estiver sob ataque, domine com os olhos. Muito bem, Mila, sua vez. Pronta?

Assenti.

Os olhos dela encontraram os meus.

— E se algum garoto desagradável fizer um comentário sobre como você fica gostosa com suas calças de malha? — a sra. Platt disse.

— O QUÊ? — Jacob gritou.

— Não é a sra. Platt falando — outra garota explicou.

— Isso, Gracie — a sra. Platt respondeu calmamente. — Então, Mila? Esse garoto desagradável está elogiando você, atacando verbalmente. O que você diz?

— Atacando verbalmente?

— Não pergunte a *mim*. Confie no seu instinto! Quando o Garoto Desagradável fala sobre seu corpo desse jeito, *parece* um ataque para você?

— Sim, parece. De verdade.

— E então? Quer responder, antes que ele faça outro comentário desagradável? Talvez algo do tipo: "Ei, Mila, essa camiseta do Come-Come fica muito bem no seu corpo."

Jacob caiu na gargalhada.

— Mila, você tem uma camiseta do Come-Come?

— Não, não tenho, e essa não é a questão, Jacob — rebati.

— Bem? — a sra. Platt insistiu. — O que mais você tem a dizer, Mila?

— Hm. Posso me afastar?

— Isso é uma pergunta? Eu disse que não podia fazer perguntas.

— Desculpa.

— E não peça desculpas!

— Ok. Então vou me afastar.

Dei um passo para trás.

— É, mas não faça isso — a sra. Platt disse. — É melhor dar um passo *na direção* do agressor verbal. Isso diz a ele que você não vai ceder território. *Nunca ceda território*. E faça o *kiai* com os olhos. Vamos tentar, Mila.

Dei um passo na direção da sra. Platt, fazendo olhos raivosos.

— Legal — a sra. Platt elogiou. — E agora grite "Ei!". Lá do fundo da barriga, não do alto da garganta. Nada de gritinhos ou grunhidos! Quero ouvir vozes fortes e autoritárias, pessoal. E lembrem-se de dar o grito espiritual com os olhos.

Dei mais um passo, gritando "Ei!" e olhando o mais feio que pude.

— Ótimo, Mila. — A sra. Platt me deu um *high-five*. — Ok, pessoal, quero todos vocês treinando esse movimento dez vezes. Já.

Treinamos. A sensação de falar alto era boa. Quase tão boa quanto o céu azul.

A sra. Platt sorriu de orelha a orelha para nós.

— Excelente, pessoal! E é bom vocês praticarem em casa também. Recomendo que façam na frente de um espelho.

— É, mas isso é para agressores verbais — Destiny protestou. — E se o ataque for físico?

— Certo. — A sra. Platt respirou fundo. — Ok, ouçam com atenção. A primeira coisa que quero dizer sobre isso é um trecho do livro *A arte da guerra*, de Sun Tzu: "A suprema arte da guerra é derrotar o inimigo sem lutar." Entenderam? *Sem lutar*. Especialmente se tiver uma diferença de tamanho ou de força entre você e o agressor. Então, se um dia vocês precisarem se defender fisicamente, tentem fazer como minha gata Daisy.

— Que nome mais fofo — Gracie soltou. — Daisy.

— O que *tem* sua gata, sra. Platt? — Destiny perguntou, impaciente.

— Certo. Sempre que preciso levar a Daisy no veterinário, ela se estica debaixo da minha cama, assim. — A sra. Platt deitou de bruços no tatame, com os braços e as pernas em ângulos malucos, como se tivesse caído de uma escada. — E *não consigo* fazer com que ela se mexa. Isso me tira do sério, mas funciona. Então, se vocês estiverem sendo atacados fisicamente, tentem se abaixar no chão. Esticados e firmes.

— Só isso? — Destiny parecia incerta.

— Ela também faz um som de berro terrível. Tenho certeza de que dá para ouvi-la a quilômetros de distância.

— Sra. Platt, você está dizendo que deveríamos *miar*? Em vez de revidar?

— Não é para isso que os gatos têm garras? Para que *possam* revidar? — Samira argumentou.

— É — Destiny concordou, acenando com a cabeça para Samira.

A sra. Platt se levantou novamente.

— Certo, prestem atenção, pessoal. Não cheguem em casa dizendo aos pais de vocês que estou ensinando luta de rua, ou vou ser demitida. — Ela fez uma pausa. — Mas, em casos extremos, se vocês não tiverem *mesmo* outra opção, vocês podem chutar a canela do agressor com a lateral do pé. Não vai quebrar nenhum osso, nem vai machucá-lo muito. Mas *vai* desestabilizá-lo. E o elemento surpresa pode ser extremamente útil.

— Aah, sra. Platt, será que podemos tentar isso? — Jacob implorou.

— Se tentarmos, não vai ser surpresa — Samira disse a ele.

— Mesmo assim, é importante desenvolver nossa memória muscular. — A sra. Platt bateu palmas três vezes. — Muito bem, pessoal, alinhem-se e vamos treinar.

Trompete

No jantar, que foi em casa, eu não conseguia parar de falar sobre como o karatê tinha sido ótimo, como a sra. Platt era legal, como ela tinha uma gata chamada Daisy que sabia um truque especial para não ir ao veterinário. Como, embora eu soubesse que só faríamos as aulas durante as duas semanas do período inaugural, se houvesse algum jeito de conseguirmos nos matricular na E Moções de verdade, eu definitivamente gostaria de fazer karatê.

Minha mãe ficou quieta enquanto comia o espaguete. E, de repente, percebi que tinha ido longe demais.

— Mas sei que a gente não tem como pagar — acrescentei. — Só estou dizendo *se*.

— Bem, fico feliz de você ter descoberto que gosta de uma coisa, Mila — minha mãe disse. Ela limpou a boca com um guardanapo. — É bom saber coisas sobre si mesmo.

— Mamãe, eu gosto muito da parte da dança em mim mesma — Hadley anunciou.

— Sei que gosta, querida. — Os olhos dela pareciam cansados.

Argh. Por que falei sobre o karatê? Agora ela está se sentindo mal por não poder pagar pelas aulas.

— Vou lavar a louça — falei depressa.

— Pode deixar, meu bem, eu lavo — ela disse. — Você tem dever de casa e trompete para treinar.

— Ah, é — falei. — Trompete.

A questão do trompete é a seguinte: é muito alto. Isso significa que dá para sua mãe ouvir quando você está treinando, e definitivamente dá para ouvir quando você não está. E, a menos que esteja a fim de explicar que *É, não faz sentido treinar agora que estou na fileira de trás da seção dos trompetes por um motivo totalmente injusto cuja culpa nem foi minha*, você precisa abrir sua pasta de música e praticar "Pirate Medley".

Além disso, não praticar "Pirate Medley" seria... como a sra. Platt tinha chamado? Ceder território. Recuar. Admitir a derrota. Dizer a Callum: *Ok, você venceu. Eu desisto.*

E eu não estava pronta para ceder, não importava onde me sentasse dali em diante.

Então, pratiquei a seção do meio até meus lábios ficarem inchados. Cheguei até a atingir a sensação de céu azul no final.

E depois, na frente do espelho da porta do meu quarto, fiz os movimentos de defesa pessoal que a sra. Platt tinha nos ensinado. Um passo na direção do agressor, olhos de laser.

Ei.

Ei.

EI!

Refeitório

Na terça-feira choveu — o tipo de chuva fria e de vento que fazia as árvores balançarem e significava que não tínhamos permissão para sair na hora do almoço. Então, durante os vinte primeiros minutos do intervalo, meus amigos e eu ficamos no refeitório, sentindo o cheiro de tacos de peixe e pizza de pepperoni, ouvindo Hunter Schultz e seus amigos na mesa ao lado gritarem uns com os outros sobre algum jogo de super-herói que todos estavam jogando no celular.

Por fim, Zara se levantou.

— Não aguento nem mais um segundo neste lugar. Vou para a sala do coral. Quem quer ir?

— Eu não — Max disse, lendo o celular.

— Eu — Omi respondeu. E olhou para mim imediatamente. — Mila, você vem também, tá?

Obviamente, ela não queria que eu ficasse sozinha, porque não achava que seria seguro. Além disso, ela notoriamente não tinha falado sobre o cartão de pontos com Zara nem com mais ninguém, e fiquei grata por isso. Grata por Omi estar cuidando de mim.

Mas a ideia de seguir Zara e Omi até a sala do coral? Nem pensar. Porque, de qualquer maneira, era para eu fazer o que por lá? Ficar sentada que nem uma criancinha sendo vigiada por uma babá enquanto elas cantavam escalas? Melhor ficar no refeitório, sentindo o cheiro de tacos de peixe.

— Podem ir — falei. — Além disso, ainda nem terminei meu iogurte.

Eu disse aquilo porque a professora do coral, a sra. Goldenstein, ficava louca quando os alunos levavam comida para a sala.

— Vamos lá, Omi — Zara disse. — Se eu ficar aqui, minha cabeça vai explodir.

— Mila, você tem *certeza*... — Omi começou.

— Tenho. Vejo vocês mais tarde.

Tomei uma colherada de iogurte para mostrar que ainda estava comendo.

Omi me olhou por cima do ombro enquanto ela e Zara saíam da mesa. Acenei, para que ela visse que eu estava bem.

Sobramos só eu e Max, que estava digitando alguma coisa no celular.

E rindo.

Digitando mais alguma coisa.

Rindo de novo.

— Hm — falei em voz alta.

Ele olhou para cima.

— Sim?

— Max, você está meio que me ignorando.

— Ah, desculpa, Mila! Eu só estava falando com o Jared.

— Como assim, vocês estão trocando mensagens? Aqui dentro?

Max fez que sim, corando.

— É. Ele está comendo perto da janela, do lado da Liana.

— Bom, isso é ridículo! Vocês deveriam conversar pessoalmente.

— Sei lá.

— Sei lá o quê?

Max ficou mais vermelho.

— Se ele quer. Na última escola em que estudou, implicavam com ele o tempo inteiro.

— Max, só vai lá e senta com ele! Não fica com medo! Além disso, vocês dois já não são amigos?

— Mais ou menos. Mas no refeitório, na frente de todo mundo... — Ele deu de ombros.

— Você não está com medo do Hunter ainda, está? Porque faz um tempão que ele não te incomoda. E a Omi disse que ele mudou, de qualquer maneira.

— Pode ser. — Max mordeu o lábio inferior, pensando. — Ok, Mila. É, acho que vou lá.

Observei Max se levantar da mesa e atravessar o refeitório para se sentar ao lado de Jared. No mesmo instante, os dois começaram a conversar e rir.

Sorri, feliz pelo meu amigo.

Embora, é claro, eu tivesse ficado sozinha.

Solo

Mas, imediatamente, tive uma ideia brilhante:

Como passei muito tempo na noite anterior praticando "Pirate Medley", eu iria para a sala de música antes do início da aula. Talvez, se eu tocasse aquela seção difícil do meio, sozinha na sala de música, a sra. Fender reconsiderasse a ideia de me mandar para a fileira de trás.

Mais uma chance, Mila, ela diria. *Porque você é uma musicista talentosa, e dá para ver que você andou treinando. Mas, se tiver mais um conflito...*

Ah, prometo que não vai ter, eu diria a ela, fazendo uma cara de musicista tão séria quanto a de Callum.

Mas o que aconteceu foi que, quando cheguei na sala de música, a professora não estava lá.

Certo, então simplesmente VÁ EMBORA, disse a mim mesma. Mas a voz da sra. Platt também estava na minha cabeça: *Dê um passo à frente. Não ceda território.*

Como eu podia dizer a Max para ter coragem com Jared e depois fugir como uma covarde?

E, de qualquer maneira, a garrafa de água chique da sra. Fender estava na mesa, o que significava que ela estaria de volta a qualquer momento.

Tirei meu trompete do estojo, limpei-o e comecei a tocar escalas. Devagar, fazendo as notas mais longas de que eu era capaz.

Si bemol, Dó, Ré, Mi bemol...

— Ei, Mila.

Aquilo não deveria ter me sobressaltado, mas aconteceu. A voz de Callum estava na sala, vindo da porta.

Continuei tocando, por mais que minhas mãos tivessem começado a pingar e fosse difícil respirar.

— Mila. *Mila*.

Ele estava vindo na minha direção. Não dava para continuar fingindo não ouvir.

— Que foi? — falei por cima do ombro.

Ele parou na fileira bem na minha frente.

— Você tem que parar de tocar. Estou aqui para trabalhar no meu solo com a sra. Fender.

— Bem, ela não está aqui agora, está?

— Ainda não. Mas vai estar.

— Então paro de tocar quando ela chegar, tá?

Não faça perguntas! E não ceda território!

Comecei a tocar de novo, bem alto. Si bemol, Dó, Ré, Mi bemol...

— MILA.

Dava para sentir o cheiro da pizza de pepperoni que Callum comeu no almoço quando ele deu outro passo na minha direção, batendo o joelho na cadeira.

— Você não está entendendo! — ele disse. — Tenho que aquecer primeiro, antes que ela chegue aqui. Que parte disso você não compreende?

Vi algo nos olhos dele que nunca tinha visto antes. Parecia quase pânico.

Então ele agarrou meu braço.

— EI! — gritei e puxei o braço.

Quando lhe dei um chute na canela com a lateral do pé, Callum caiu cambaleando, derrubando duas cadeiras e três estantes de partitura a caminho do chão.

Troféu

Os olhos do sr. McCabe, nos encarando por cima da mesa, eram pequenos e pretos. Suas bochechas rosadas estavam caídas, como almofadas de sofá que perderam o enchimento. Assim de perto, ele parecia mais velho do que eu imaginava, e cansado.

— Vocês podem me explicar o que aconteceu? — ele perguntou. — Porque preciso dizer que estou extremamente surpreso. Com *vocês dois*.

Callum encolheu os ombros.

— Não aconteceu nada. A Mila anda muito sensível com tudo ultimamente, ela surtou por nada!

— Você sabe muito bem que isso é mentira — rebati.

— Está bem — o sr. McCabe disse. — Mila, posso ouvir de *você* por que chutou o Callum?

— Defesa pessoal — respondi.

— Que besteira — Callum murmurou. — Eu não fiz *nada*.

— Fez, sim! É claro que fez! Você agarrou meu braço!

— Está vendo? E você exagerou *de novo*.

O sr. McCabe juntou as mãos grossas e rosadas.

— Bem, claramente temos algum histórico aqui. O que está acontecendo entre vocês?

— Nada — nós dois dissemos ao mesmo tempo.

O que teria sido engraçado, se fosse uma situação qualquer.

— *Nada?* — o sr. McCabe repetiu.

Obviamente, ele não acreditava na gente.

Belisquei meu pulso. Era minha chance de contar a ele toda a história. O abraço, o ônibus, a mão de Tobias na minha bunda, o suéter e o cartão de pontos...

Só que aí meu olhar encontrou um pequeno troféu prateado em cima da estante do sr. McCabe. LIGA JÚNIOR DE BASQUETE, SEGUNDO LUGAR.

Era o time de Callum, de Leo, de Dante e de Tobias. E, é claro, o sr. McCabe era o treinador.

Disse a mim mesma que, por mais que contasse a verdade, com cada mínimo detalhe, ele daria ouvidos à versão dos garotos, não à minha. Meus amigos tinham visto algumas coisas, mas não tudo. Eu não tinha provas. Nem cheguei a ver o cartão de pontos idiota com meus próprios olhos. E, se as pessoas ouvissem o que eu tinha a dizer ao sr. McCabe (e é claro que ouviriam, de uma forma ou de outra), nunca mais parariam de fazer fofocas e piadinhas.

Além disso, explicar Coisas Pessoais para o vice-diretor...

Não, não dava nem para *imaginar*.

— A gente só não se dá bem — murmurei.

— Isso não basta — o sr. McCabe disse, recostando-se na cadeira e cruzando os braços no peito. — E francamente, Mila, mesmo que o Callum tenha segurado seu braço, chutar a perna dele foi simplesmente errado. Não é assim que resolvemos as coisas por aqui.

— Exagero — Callum repetiu, evitando meus olhos.

Autocontrole

Depois da reunião, cinco coisas aconteceram, e uma não.

As coisas que aconteceram:

Peguei três dias de castigo depois das aulas por causa do chute, o que significava que não poderia ir ao karatê a partir de quarta-feira. E, como nossa oferta inaugural na E Moções venceria na quinta, isso basicamente significava que nunca mais faria karatê.

Callum pegou um dia de castigo por ter agarrado meu braço.

Nenhum de nós tinha permissão para ir ao pátio até o fim da semana.

O sr. McCabe estabeleceu uma regra para Callum e eu: exceto quando estivéssemos juntos numa mesma aula, não poderíamos ficar a menos de seis metros de distância um do outro. Acho que ele esperava que carregássemos uma fita métrica no bolso, ou algo do tipo. Mas, mesmo que fosse o caso, não era eu que precisava disso, porque não era eu que me espremia, esbarrava e agarrava.

Além do mais, ele chamou minha mãe para ir à escola na quarta-feira. Era a primeira vez na minha vida que ela era chamada por causa do meu comportamento, e senti dor de barriga por causa disso o dia inteiro. Especialmente porque eu não tinha contado a minha mãe sobre o chute, e é claro que o sr. McCabe contaria.

Quando ela me buscou depois do castigo, parou o carro no estacionamento dos professores e desligou o motor.

— Mila, aquele garoto não tinha nada que agarrar seu braço, mas você deveria ter usado palavras, sabe? Não dá para sair chutando garotos do nada! Você poderia ter machucado alguém sério. — Ela suspirou. — Talvez seja bom mesmo deixar passar a aula de karatê.

— Não, não! — gritei. — Não é culpa da sra. Platt eu ter chutado o Callum! Ela nos disse para *não* lutar! Eu só esqueci, porque estava muito irritada!

— Bem, mas você *não pode* esquecer, meu bem. Autocontrole é importante, especialmente na escola. E usar palavras sempre funciona melhor, de qualquer maneira.

Não sei por que isso escapou, mas aconteceu.

— Foi assim com o papai?

— O quê? — Ela me encarou.

— Estou falando do outro dia, quando você estava no celular com ele. Você ganhou a discussão com *palavras*?

Assim que falei, soube que estava errada. Fui injusta com minha mãe, e atrevida.

Qual era o meu problema? Talvez Zara estivesse certa — eu estava sendo dura demais com todo mundo ultimamente. Talvez estivesse virando meu pai, sempre dizendo as coisas erradas, magoando todo mundo. Especialmente minha mãe.

— Desculpa — falei no mesmo instante.

O rosto da minha mãe se contraiu.

— Mila, não vamos falar sobre isso — ela disse numa voz aguda e firme que não tinha nada a ver com ela.

E minha mãe não disse mais uma palavra durante todo o trajeto para casa.

De trás

O que não aconteceu:

Não fui expulsa da banda, o que realmente achei que pudesse acontecer. Talvez a sra. Fender pensasse que eu já tinha sido punida o bastante com a troca de cadeiras e o castigo. Mas o que realmente acho é que ela percebeu que, se fizesse muito alarde sobre mim, também teria que punir o Queridinho Número Três. E, com a apresentação da banda tão perto de acontecer, ela não podia distrair Callum.

Além disso, eu era uma das únicas pessoas que sabiam tocar a seção do meio de "Pirate Medley" do início ao fim. Então, ela precisava de mim na fileira de trás, e acho que sabia disso.

Problema

Durante o resto da semana na escola, fiquei olhando por cima do ombro, conferindo quais garotos estavam atrás de mim. Se estavam andando perto demais, ou se suas cadeiras estavam muito próximas. Se estavam cochichando ou rindo para os celulares. Ou, pior ainda, zombando de mim em voz alta.

Algumas vezes ouvi "Guerreira Ninja".

Uma vez Dante gritou "Ei, Bicuda!" E, por mais que eu não tenha me virado, um monte de garotos começou a gargalhar.

Também ouvi "Pezinho." "Biqueira." "Pernuda." "Pontapé."

— Ignora eles — Samira me aconselhou na aula de matemática de quinta-feira, quando fizemos dupla para resolver um problema de geometria. — Eles nem sabem *dar* um pontapé de verdade. E quando você vai voltar para o karatê?

Dei de ombros.

— Essa semana não posso. Por causa do castigo.

— É, ouvi falar. E na semana que vem?

— Não sei.

— *Por que* você não sabe?

Ela respondeu sua parte do problema matemático e empurrou o papel na minha direção.

Suspirei.

— É complicado.

— Fala sério, Mila, não pode ser *tão* complicado assim.

O fato é que, ultimamente, andava me sentindo exposta, como se estivesse andando pela escola com a camada superior da pele arrancada. Então, embora aquele não fosse um assunto sobre o qual eu falasse, nem mesmo com meus melhores amigos, dizer a verdade a Samira não me parecia tão estranho.

— Só falta uma semana para acabar nosso período de aulas gratuitas — falei baixinho. — E minha mãe perdeu o emprego, então não temos como pagar depois disso.

Samira assentiu lentamente.

— Sua mãe tinha que falar com a Erica.

— Pra quê? Ela vai fazer a gente pagar pelas aulas.

— Bom, a Erica é bem legal. Acho que se sua mãe for até ela e explicar...

— Samira, ela *não vai*. Ela tem muita vergonha.

— Tá, então talvez *você* devesse falar com a Erica.

— Eu?

— Samira e Mila, vocês já resolveram o problema? — a sra. Fisher perguntou rispidamente enquanto andava pela sala de aula.

— *Eu* resolvi, mas *ela* não — Samira respondeu, me lançando um olhar por trás dos óculos azuis.

Pontos

A única parte boa da semana foi que Zara e Omi almoçaram comigo todos os dias no refeitório. Eu sabia que elas queriam muito ir para o pátio, e tentei dizer a elas que não precisavam ficar lá dentro só porque eu estava de castigo.

Mas Zara disse:

— Está doida, Mila? Por que iríamos lá para fora nos divertir quando podemos ficar presas aqui dentro com você, cheirando peixe empanado?

— E desinfetante — Omi acrescentou, rindo.

— Eca, e brócolis. Meu Deus do céu, de todos os cheiros, esse é o *pior*.

Max sentou com Jared na quarta e na quinta-feira, o que fez eu me sentir um pouquinho mal. Mas, na sexta-feira, os dois se juntaram à nossa mesa. Eu nunca tinha falado com Jared; ele parecia legal, ria das piadas de todo mundo e disse a Omi que gostou da história dela na aula de inglês. Ele disse até que tocava oboé e que ia trocar a orquestra pela banda. E, por alguns minutos, me senti feliz, porque em vez de nosso

Círculo da Amizade estar encolhendo, como eu tinha medo de que acontecesse, parecia estar crescendo.

Até que, sem mais nem menos, Jared disse:

— Inclusive, Mila, sinto muito por toda aquela coisa do cartão de pontos.

O olhar de Omi encontrou o meu.

Senti calor no corpo inteiro, depois frio.

Droga.

— Que coisa do cartão de pontos, Jared? — Zara perguntou. — Do que você está falando?

Jared olhou para Max, confuso.

— Pensei que você tivesse dito que todo mundo…

— *Não* — Max disse a ele, com olhos azuis arregalados e expressivos. — *Nem* todo mundo.

— Ah. Foi mal.

— *Que* coisa do cartão de pontos? — Zara repetiu. — Gente? Tem alguma coisa que não estou sabendo?

Larguei meu sanduíche de queijo suíço e me inclinei sobre a mesa para que pudesse falar o mais baixo possível.

— Zara, é só um jogo idiota que os garotos estão fazendo. No celular. Sobre mim.

Ela franziu a testa.

— Que tipo de jogo?

— Não é bem um *jogo* — Max disse. — Não de *verdade*.

— Bem, se não é um jogo de verdade, é o *quê*? — a voz de Zara estava ficando mais alta.

— Eu não vi, só ouvi falar — falei, sem forças. — Eles ganham pontos por contato, aparentemente.

— Como assim "contato"?

— Fala sério, Zara, você sabe. Encostar. Agarrar.

— Também por dizer coisas — Max acrescentou. — Sobre o corpo da Mila. É nojento.

Omi olhou para o próprio colo.

É claro que Zara percebeu. Ela olhou para mim, depois para Omi de novo.

— Por que não me contaram nada?

Não respondi.

— A Mila só queria manter segredo — Omi murmurou.

— *Segredo?* Como é segredo se todo mundo sabe, menos eu? — a voz de Zara vacilou.

— Acho que só os garotos sabem, provavelmente — falei depressa. — Talvez mais uma ou duas pessoas. E não quis magoar você, Zara. Mas é bem constrangedor. E às vezes, o jeito como você age…

— *Como?* Como eu ajo?

— Gente, *por favor*, não façam isso aqui — Omi implorou. Ela sacudiu o polegar para a mesa ao lado, onde Ainsley, Liana e mais algumas garotas estavam sentadas. Bisbilhotando a conversa, provavelmente.

Mas eu precisava continuar falando, senão ia explodir.

— Você faz todo assunto girar em torno de *você*, Zara. Você acha que é uma boa amiga, realmente acha, mas o tempo inteiro tudo gira em torno dos *seus* sentimentos, das *suas* opiniões, de mais ninguém. E, para ser sincera, você está fazendo isso agora mesmo!

— É verdade, Zara — Omi deixou escapar. — Você não está pensando na *Mila*.

Zara arregalou os olhos. Sua boca formou um biquinho, como se estivesse bebendo de um canudo invisível.

— É? Bem, Mila, você obviamente não confia em mim para contar coisas pessoais. Tarde demais para esse papo de não me magoar.

Ela se levantou e saiu correndo da mesa. Omi me lançou um olhar enquanto corria atrás dela.

E lá vamos nós de novo, pensei. *Círculo da Amizade. Expande, contrai, expande, contrai.*

Um "O" de pedrinhas que continua sendo destruído.

— Sabe, Mila, você realmente deveria contar ao sr. McCabe — Max disse.

Dei de ombros. Definitivamente não queria começar *aquele* assunto outra vez. Não ali. Mesmo que Max ficasse bravo comigo também.

Vi meu amigo olhar nos olhos de Jared.

— Mila, desculpa mesmo… — Jared começou.

— Não é culpa sua — disse a ele, suspirando.

Sorvete

Sexta-feira à tarde foi meu último dia de castigo. Quando minha mãe foi me buscar no estacionamento dos professores, ela se inclinou e me deu um beijo na bochecha.

— Semana difícil, meu bem, mas agora acabou — ela disse. — Que tal um sorvete lá no centro?

— Seria ótimo, mãe! Obrigada! — Depois daquela cena no almoço com Zara, não consegui terminar meu sanduíche de queijo, e estava morrendo de fome. — Mas só se você tomar também.

— Ok, já que insiste — minha mãe disse, sorrindo. — Talvez um frozen yogurt.

Ela ligou o rádio e desceu a rua.

Acho que o castigo da semana tinha bagunçado meu calendário mental, porque esqueci completamente que o Lance de Sexta estaria acontecendo no centro da cidade.

Então, ver Zara e Omi na frente do Pie in the Sky Pizza me atingiu feito um soco no estômago. Elas estavam conversando e rindo com um monte de gente — Ainsley, Daniel, Luis.

Alguns outros estavam de costas quando passei de carro. Mas eu tinha certeza de ter reconhecido dois deles: Leo e Callum.

Melhores amigas. Saindo com piores inimigos.

Mesmo que não tivessem planejado, como Zara e Omi poderiam fazer aquilo comigo?

E é claro que significava que Zara tinha perdoado Omi por ter me defendido no almoço. Embora provavelmente ainda estivesse brava *comigo*.

E por que Omi estava ali, agindo como se nada tivesse acontecido?

— Mãe, vamos para casa agora — implorei. — Por favor.

— Sério? — Ela se virou para mim. — Nada de sorvete duplo de cookies na casquinha de açúcar? Com granulado? O que houve?

— Nada.

Minha mãe desligou o rádio.

— Meu amor, ninguém aceita tomar um sorvete e no segundo seguinte muda de ideia sem motivo. O que está acontecendo?

— Mãe, só estou muito cansada e quero ir para casa. Por favor, a gente pode só...

— Não, Mila, você precisa me contar. Está tudo bem com seus amigos?

Era a pergunta que ela sempre fazia, de uma forma ou de outra, e eu sempre evitava. Mas talvez fosse hora de responder.

— Não sei — falei. — Parece que tudo entre a gente não para de ficar confuso. E toda vez que acho que as coisas estão resolvidas, simplesmente fica confuso de novo.

Pensei que minha mãe pudesse começar a fazer um monte de perguntas adicionais que eu não queria responder:

A Zara está sendo má? A Omi está se exibindo? Mas ela me surpreendeu.

— Meu bem, você já conversou com eles? — ela perguntou calmamente. — Eles entendem como você se sente?

— Acho que sim — falei. — Quer dizer, eu *tentei*...

— As pessoas nem sempre ouvem da primeira vez. Ou até ouvem, mas não *escutam* de verdade. Então depende de você falar com elas de novo.

— E se você diz as mesmas coisas sem parar e eles simplesmente *não* escutam?

Não era minha intenção mudar o assunto para os garotos do basquete, mas, de alguma forma, ali estávamos.

— Então você precisa encontrar um jeito de falar a língua deles. — Minha mãe estendeu a mão e acariciou minha bochecha. — Sem dar chutes — acrescentou.

Passeio

O sábado não foi nada de mais. Minha mãe passou o dia inteiro no computador se candidatando para vagas de emprego. E, como estava chovendo, ela deixou Hadley ver desenhos, então pelo menos pude terminar meu dever de casa e tocar trompete. À noite, eu praticamente já dominava a última parte de "Pirate Medley", e estava me sentindo muito bem. Por mais que ninguém fosse me ouvir da fileira de trás da seção dos trompetes.

Tenho que admitir que, uma ou duas vezes durante o dia, quase mandei mensagem para Zara pedindo desculpas pelo que tinha dito no refeitório. Mas, antes que pudesse digitar palavras como *Desculpe por não ter te contado sobre o lance do cartão de pontos* ou *Desculpe por não ter compartilhado Cada Mínimo Detalhe*, me segurei. Porque eu não parava de ouvir a voz da sra. Platt: *Confie no seu instinto*. E, se eu pedisse ao meu instinto um conselho sobre como lidar com Zara, sabia que a resposta seria: *Mila, está maluca? Por que você está fazendo essa pergunta? Você sabe que não dá para contar com a Zara.*

Além disso, no refeitório, até mesmo Omi tinha acusado Zara de não pensar nos meus sentimentos. Omi, que nunca tomava partido, que nunca questionava Zara sobre nada.

Bem, tirando aquela vez na frente da farmácia, quando Zara tinha insistido em gritar com os garotos. Omi *ficou* do meu lado naquele momento, implorando para que Zara me ouvisse.

E teve também aquele dia nos armários, quando Tobias agarrou minha bunda. Zara disse que eu não entendia nada de flerte, e Omi *chegou* a dizer a Zara que ela não estava sendo justa. Ela tinha falado em seu tom de voz baixinho, mas falou.

E, realmente, sobre o cartão de pontos: Omi *poderia* ter guardado a informação para si mesma. Ela não *tinha* que me contar, se não quisesse provocar uma grande confusão — e é claro que *poderia* ter tagarelado para Zara pelas minhas costas. Quer dizer, se tudo com que ela se importasse fosse evitar brigas e deixar Zara feliz.

Eu nunca tinha pensado dessa maneira antes, mas Omi havia sido corajosa. Não foi justo da minha parte me sentir estranha por ela ter ido ao centro da cidade com Zara no dia anterior. E ter ficado na frente da pizzaria com Leo e Callum — não significava nada. Ela podia ir a qualquer lugar, com quem estivesse a fim. Ela era uma amiga de verdade, mesmo.

Quanto a Max, bem, eu não estava brava com ele, e estava feliz por ele ter encontrado Jared. Mas parecia que eu andava meio apagada para ele ultimamente. Como se talvez tivesse esquecido que deveríamos ser amigos.

Ou ele decidiu que a bizarrice era demais e não queria mais lidar com isso.

* * *

No domingo de manhã, minha mãe estava de volta ao computador na mesa de jantar e Hadley precisava de atenção, ou seja, precisava de mim. E era incrivelmente irritante, porque eu estava tentando ler na sala, mas ela estava em uma de perguntar *Por queeeee* sem parar. Tipo:

Hadley: Mila, *por queeeee* a gente não pode ir no parque dos cachorros?

Eu: Porque está chovendo.

Hadley: A gente pode levar guarda-chuva! E eu posso usar minhas galochas cor-de-rosa novas!

Eu: É, mas a Delilah odeia chuva.

Hadley: *Por quêêêêê*?

Eu: Não sei, Hadley. Vai perguntar para a Delilah.

Hadley: Mila, você não entende? Quantas vezes vou ter que explicar? A Delilah não pode responder porque ela NÃO SABE FALAR!

Eu: …

Sete minutos depois:

Hadley: Mila, a gente pode ir no parque *agora*?

Por fim, mais ou menos às duas horas, eu disse a minha mãe que não conseguia mais lidar com Hadley, então ela chamou a sra. Ames e Cherish. A princípio, eu não tinha certeza de qual era o propósito daquilo, porque Cherish não parecia uma boa companhia para brincadeiras. Mas então deu para ouvir minha mãe na cozinha, conversando com a sra. Ames naquele tom de voz meio sussurro, meio murmúrio que as mães usam quando não querem que os filhos ouçam escondido.

Mãe: Estou começando a ficar muito preocupada. Todo mundo que responde diz que quer uma referência do meu ex-chefe, mas tenho medo de dar!

Sra. Ames: Por quê, Amy? Você realmente acha que ele diria coisas ruins sobre você?

Mãe: Eu não sei o que ele diria. Mas, do jeito que ele reagiu quando falei que ia pedir demissão, eu não duvidaria.

Ouvir aquilo me fez congelar por dentro. Já era ruim o bastante não ter condições de pagar a E Moções, mal ter como comprar roupas novas e ter que contar cada moedinha que gastávamos no supermercado. Mas, se minha mãe não conseguisse um novo emprego, poderíamos perder nossa casinha. E possivelmente até passar fome.

Bem, eu não ia ficar sentada ali e deixar aquilo acontecer.

— Mãe, vou levar a Delilah para passear — gritei do corredor.

— Mas está chovendo — ela gritou de volta.

— Não tem problema, vou levar um guarda-chuva. A gente não pode ficar presa dentro de casa o fim de semana inteiro!

— Quero ir também — Hadley gritou da sala. — Com minhas galochas cor-de-rosa!

E, como àquela altura meu coração estava martelando no peito e minha cabeça zumbia, aceitei.

Erica

— A gente não vai no parque dos cachorros? — Hadley perguntou quando paramos na frente da E Moções.

Nós duas nos apertamos debaixo do meu guarda-chuva.

— Talvez depois. Acho que a Delilah quer sair da chuva um pouquinho. Então vamos entrar e eu vou falar com a Erica.

— A moça dos braços? O que tem ela?

— Você vai ver.

Hadley gostava de enigmas e quebra-cabeças, então a resposta serviu para ela.

— Mas e a Delilah? Acho que eles não deixam entrar com cachorros molhados.

Não tinha pensado naquilo.

— Bem, Hadley, é por isso que você é extremamente importante. Você vai ficar aqui na entrada com a Delilah. E você está encarregada do comportamento dela, então não pode deixar ela sentar em lugar nenhum, nem fazer xixi, tá? Vou procurar a Erica e volto em um minuto.

Empurrei a porta antes que Hadley pudesse protestar, e Delilah disparou para dentro, feliz de escapar da chuva. No mesmo instante ela se sacudiu, respingando gotas de chuva e pelo de cachorro.

— *Bleh!* — Hadley gritou.

— Fica — ordenei. — Vocês duas!

A E Moções ocupava todo o segundo andar, então corri para cima. Como era domingo à tarde e estava chovendo, a área da recepção estava lotada de crianças e adultos desesperados por algo para fazer, imaginei.

Um cheiro de pé suado invadiu minhas narinas.

Peguei uma revista *Você mesmo* e me sentei no chão.

Cerca de dois minutos depois, Erica passou correndo. Seus cabelos loiros estavam escapulindo do rabo de cavalo, e ela parecia ainda mais exausta do que o normal.

— As aulas das três horas já vão começar! — ela gritou. — Se alguém ainda precisar falar comigo sobre matrícula...

Três mulheres, uma delas segurando um bebê aos gritos, cercaram Erica enquanto ela digitava coisas no celular. Quando elas finalmente terminaram e todo mundo saiu da recepção para as aulas, Erica acenou para mim. Então me levantei.

— Olá, Mila — ela disse. — Vocês sumiram. Está tudo bem com sua mãe? Não sabia se vocês estavam com algum problema...

— Não. Problema nenhum — menti. — Sei que minha mãe tem tentado falar com você sobre a matrícula e tudo mais. Mas você está sempre muito ocupada, e ela nunca consegue te encontrar aqui.

— Ah, sério? Desculpe por isso! Sabe, eu tinha uma gerente de escritório...

— É, você falou para a gente. Aposto que isso facilitava muito as coisas.

Erica riu. Acho que ficou surpresa de me ouvir dizendo aquilo.

— Ah, com certeza facilitava. Sim, certamente!

— Você provavelmente gostaria de ter outra...

Hadley escolheu este exato momento, bem quando eu estava começando, para irromper na recepção com Delilah puxando a coleira, animada com todos os cheiros de pés suados.

— Sinto muito, Hadley, querida, mas aqui dentro não pode cachorro — Erica avisou.

O rosto de Hadley se contraiu.

— Mas eu estava lá embaixo sozinha por *horas*! Mila, você disse que voltaria em *um minuto*. Um só.

— Sim, mas eu disse que precisava encontrar a Erica — falei. — Desculpa por ter demorado tanto, mas a Erica estava *superocupada*. E não tinha mais ninguém aqui para ajudar. — Eu me virei para Erica. — É uma pena você ter que fazer tudo sozinha.

Erica abriu um sorriso fraco.

— Enfim, por favor, diga à sua mãe para vir de novo; estou sempre por aqui, em algum lugar ou outro. E agora, meninas, se vocês puderem levar o cachorro para fora...

— Ei, acabei de pensar numa coisa! — eu disse a Erica. — Você *gostaria* de ter alguém para te ajudar? Se a pessoa fosse legal e inteligente, tivesse muita experiência com... coisas de escritório e realmente amasse vir aqui o tempo todo?

— Ajuda? Você quer dizer um emprego?

Assenti, prendendo a respiração.

— Espera! — Hadley gritou. — Eu sei quem você pode contratar! A MAMÃE.

Erica piscou algumas vezes.

— Meninas, a mãe de vocês está procurando emprego? Porque, sério, se estiver, eu adoraria conversar com ela.

Lancei para minha irmãzinha um grito espiritual com os olhos. Aquele significava *NÃO FALE NADA, SENÃO TE MATO.*

— Bem, não tenho certeza, mas posso perguntar — falei casualmente.

Depois, puxei a coleira de Delilah, peguei a mão de Hadley e nós três disparamos para fora do prédio.

É claro que, assim que voltamos para casa, Hadley deixou escapar o que Erica tinha dito. Tive medo de que minha mãe ficasse brava comigo, considerando que ela nunca falava sobre como estava indo a procura por emprego e só contou à sra. Ames sobre o chefe quando pensou que eu não estivesse escutando.

Mas ela parecia animada.

— A Erica disse que ia me ligar? Ou quer que eu ligue para ela?

— Ela só disse que gostaria de falar com você — falei. — Realmente não sei mais nada.

— Ok. Uau. — Minha mãe não conseguia parar de sorrir enquanto balançava a cabeça. — Não estava esperando por isso *nem um pouco*. Pensei que você tivesse dito que iam só ao parque dos cachorros.

— Bem, estava chovendo, então paramos na E Moções. E a Erica estava lá.

Tive o cuidado de não mentir, porque eu sabia que minha mãe estava observando meu rosto de perto.

— Tá, mas como foi que esse assunto surgiu? Quer dizer, o que você disse a ela?

Dei um abraço na minha mãe.

— Acho que talvez eu tenha falado a língua dela — respondi.

Max

Na segunda de manhã, o sol finalmente apareceu, e todo mundo estava animado e falante no café da manhã, até mesmo eu. Minha mãe não tocou no assunto, mas eu sabia que ela ia encontrar Erica ao meio-dia. A parte principal e mais importante seria ela conseguir um emprego... mas não pude deixar de pensar que, se *conseguisse*, eu poderia voltar para o karatê.

Se, se, se.

Minha barriga estava agitada, mas no bom sentido.

Borboletas, não mariposas.

Eu me recusei a ficar chateada quando vi que Zara não estava esperando por mim na frente da sala de aula. Em vez disso, atravessei o corredor para ficar com Max antes do sinal tocar, ouvindo-o falar sem parar sobre o jogo de celular que estava jogando com Jared.

Até que não aguentei mais ouvir sobre aquilo.

— Max, estou muito feliz por você — interrompi.

Seus olhos azuis se arregalaram.

— Pelo quê?

— Por você estar tão amigo do Jared agora.

Ele parou um segundo.

— Bem, Mila, você sabe que é tudo graças a você.

— A mim?

— É, foi *você* que me fez ir sentar com ele no refeitório. Se você não tivesse...

Ele se interrompeu. Imaginei que fosse porque, bem naquele instante, Liana e Ainsley estavam passando por perto, nos dando uma espécie de aceno sonolento de segunda-feira enquanto entravam na sala de aula.

Acenamos de volta.

— Se eu não tivesse o quê? — perguntei assim que elas entraram.

— Deixa pra lá — Max disse. Ele soprou um pouco de ar.

Decidi continuar.

— Max, você está bravo comigo? — soltei. — Porque parece que está meio que me evitando. E quando estamos juntos, você mal tem falado.

Max mudou a mochila de lugar. Dava para perceber que estava elaborando a resposta.

— Tudo bem, Mila, você realmente quer saber? — ele disse depois de alguns segundos. — Você está sempre me dando conselhos. Tipo, vai lá sentar com o Jared. Vai contar ao sr. McCabe sobre o Hunter. E eu te escuto porque você é minha amiga, e geralmente está certa sobre as coisas. Mas quando digo a *você* para fazer alguma coisa, você não faz.

Eu o encarei.

— Isso tem a ver com o cartão de pontos? Porque você me disse para contar ao sr. McCabe?

— Bom, tem. Mas também tem a ver com todas as *outras* coisas com aqueles garotos. Falei com você que era bullying e você simplesmente me ignorou. E agora a coisa piorou e não sei o que você quer que eu faça a respeito!

Olhei por cima do ombro de Max para o corredor. A sra. Wardak estava repreendendo um aluno do sexto ano.

— Não quero que você faça nada, Max — falei suavemente. — É problema meu, de qualquer maneira.

Ele ergueu as sobrancelhas.

— Ajudaria se eu fosse com você no sr. McCabe? Porque eu iria.

Sacudi a cabeça.

Max não desviou os olhos do meu rosto.

— Por que não? Você está com medo?

Será que estava? "Com medo" era uma expressão muito forte. E muito negativa.

Max inclinou a cabeça na minha direção. Sua voz estava baixinha, quase um sussurro.

— Sabe, Mila, quando o Hunter estava me incomodando no ano passado, você me *fez* contar ao sr. McCabe. Eu não queria, mas você não me deixou em paz! E, depois, fiquei feliz de ter falado, porque agora o Hunter me ignora completamente.

— Max, era diferente!

— Como? Diferente como?

— De várias maneiras! Porque era um garoto que simplesmente ficava *falando* coisas. E o sr. McCabe não era o treinador de basquete dele. — Respirei fundo. — E também…

— Também o quê?

— Esse negócio, o que tem acontecido *comigo*, é extremamente difícil de falar sobre — eu disse. — *Especialmente* para o sr. McCabe. Quer dizer, obrigada por se oferecer, Max, eu realmente agradeço. Mas sei que você pensa que é só bullying e *não* é.

O rosto de Max se contraiu.

— O que aconteceu comigo também não era "só bullying". E você acha que foi *fácil* contar ao sr. McCabe que eu estava sendo chamado de gay? Como se fosse um *insulto*?

— Desculpa — falei no mesmo instante. Meu rosto estava quente; percebi que estava saindo tudo errado. Por que tudo que eu dizia era tão desastroso? — Eu *sei* que não foi fácil para você, Max — acrescentei com a voz rouca. — Por favor, acredita em mim, tá? E não foi o que quis dizer, de qualquer maneira! Só quis dizer que esse negócio comigo é *diferente*. E eu definitivamente não chamaria só de bullying.

— Do que você *chamaria*, então?

Abri a boca para responder.

Mas estava sem palavras.

Porque todas as palavras que eu conseguia pensar — *bullying*, *provocação*, *flerte* — pareciam simples demais, pequenas demais para dar conta de toda a dor que eu estava sentindo.

Pique-não-pega

Quando a hora do almoço chegou, peguei um pão sírio com homus e um cookie de gotas de chocolate, fui até o pátio e olhei ao redor. Não fiquei surpresa ao ver que nenhum dos meus amigos estava esperando nas pedrinhas. Zara estava debaixo da cesta de basquete passando uma bola para Liana e Ainsley, enquanto Omi conversava ali perto com Daniel Chun. Nenhum sinal de Max e Jared. Nenhum sinal dos garotos do basquete, o que era meio estranho.

Ok, e o que devo fazer agora?

Dei uma volta pelo pátio, mordiscando o chocolate do cookie, contando o comprimento e a largura pela quantidade de vezes que meus tênis tocavam o chão.

Talvez, se minha mãe conseguir o emprego, eu possa finalmente comprar tênis novos...

Quando cheguei às pedrinhas, Samira deu um pulo na minha direção.

— MILA — ela gritou. — VOCÊ ESTÁ, POR MEIO DESTA, INTIMADA.

Fiquei tão assustada que ri.

— Para o quê?

— PARA O JOGO DE PIQUE-NÃO-PEGA, SUA BOBA. — Ela sorriu. — Você sabe jogar?

— Na verdade, não.

— Bem, haha, eu também não!

Mas ela começou a explicar algumas coisas: que Lily Sherman era a Grã-Mestre, o que significava que ela tinha um poder chamado "metamorfose". Se você fosse "encurralado" por três "escudeiros", você seria "neutralizado", o que significava que você ficaria "inativo" pelo resto do horário de almoço. A menos que você fosse "atacado" por um dos dois "dragões vermelhos"...

— Espera — falei. — O que exatamente significa ser "encurralado"?

— Você fica cercada de três lados a uma distância de três braços. Não pode tocar; é por isso que se chama pique-*não*-pega. Se bem que, se um troll invocar você por trás...

— Ah — falei. — Aham.

Ela continuou explicando, mas parei de acompanhar. Tudo que pensava era: *A Samira é legal. Não ligo de saber como se joga essa brincadeira doida. Que ótimo que não pode tocar. E, uhu, não estou sozinha!*

— Ok, entendeu tudo isso? — ela finalmente perguntou.

— Não — admiti.

— Bem, é só fingir. É o que eu faço. E AGORA SE APRESSE, AVE DE RAPINA VERDE! — ela gritou. — ESTA ÁREA É SOMBRIA E CHEIA DE PERIGOS.

— Espera, o quê? — gritei de volta.

Mas ela fugiu.

Eu era uma ave de rapina verde? Por que verde? Tinha algum poder?

Samira não tinha mencionado um, então talvez não.

Mas tanto faz. Pelo menos eu tinha alguma coisa para fazer.

Então comecei a correr.

Acordo

Correr era bom, porque significava não pensar.

Quer dizer, eu não fazia ideia de *para onde* estava correndo, ou *por quê*, ou mesmo quem eram os outros jogadores. Samira tinha sumido. Mas Max e Jared pareciam estar na brincadeira — pelo menos, quando acenei para eles do outro lado do pátio, os dois fizeram movimentos de braço animados que pareciam dizer *CONTINUE! NÃO PARE!*

Então tudo bem, eu continuei.

Mas, depois de alguns minutos correndo sem parar pelo pátio em uma espécie de número oito, meus pulmões estavam queimando e eu estava com uma cãibra forte na lateral do corpo.

Uma pausa rapidinha não vai ter importância, disse a mim mesma. *E quem liga se tiver?*

Deslizei para trás de uma árvore, bem no limite da Não Escola.

Quase imediatamente, fui cercada de três lados — por Hunter, Luis e Callum.

Espera. *Callum?* Por que ele estava brincando de pique-não-pega, afinal?

E quais eram mesmo as regras se você fosse cercado?

Deu branco no meu cérebro.

— EI — falei. Veio da minha garganta, então repeti, dessa vez usando minha barriga. — EI.

— Ei o *quê?* — Hunter sorriu, mas não foi amigável. — Você não pode falar, Mila. Você está sendo neutralizada.

— Como assim? Vocês são... escudeiros?

— Somos lança-chamas — Luis disse. — E você é oficialmente nossa prisioneira. Você tem que vir com a gente.

Ele agarrou meu ombro.

Meu coração bateu forte.

Sou prisioneira deles?

Não. Não posso ser.

Afastei a mão dele. Com força demais, mas não me importava.

— Não encosta em mim, Luis! Eu não vou!

Ele pareceu surpreso.

— Não é uma escolha.

— E não fala assim comigo!

— Silêncio. Você não pode ditar as regras de captura...

— Não, espera — Callum disse com sua voz normal, não no tom retumbante que os outros garotos estavam usando.

— Esperar o *quê?* — Luis quis saber. Ele parecia irritado.

— Eu e a Mila fizemos um acordo com o sr. McCabe. Ela tem que ficar a seis metros de distância de mim o tempo inteiro, menos na aula. Então, na verdade, ela nem deveria *estar* aqui.

Meu rosto queimou. Eu me senti aberta, exposta.

— Callum, é para funcionar dos *dois* lados. Então *você* também tem que ficar a seis metros de distância de *mim*.

— Não, Mila, nós fizemos o acordo porque *você* atacou a *minha perna*. Caso tenha esquecido.

— Ah, eu lembro perfeitamente!

— Ahh, deixa pra lá, Callum — Hunter disse, impaciente. — Só vamos embora…

Mas Callum não parava.

— É, Mila, tecnicamente você não deveria nem estar brincando. Porque não tem como a gente aplicar a regra dos seis metros numa brincadeira desse tipo, em que todo mundo fica se movimentando o tempo todo, né? Então, a menos que você queira que a sra. Wardak entregue você ao sr. McCabe…

— Ah, tá bom! — explodi. — Quem liga pra esse jogo idiota, de qualquer maneira?

— Acho que você liga — Callum disse, me olhando bem nos olhos.

Recuo

Não consigo nem descrever a raiva que senti por ter que deixar o pátio. Por sair de uma brincadeira que eu não entendia nem queria participar. Por ser humilhada por Callum na frente de pessoas que não eram minhas amigas. Por ceder território.

Mas eu sabia que não tinha escolha. Callum estava certo: não podíamos ficar perto um do outro fora da aula. Seis metros de distância, de acordo com o sr. McCabe. E, se Callum fosse participar daquela brincadeira idiota de pique-não-pega, não teria como evitá-lo a cada minuto, a menos que eu passasse o almoço inteiro fugindo dele, e que graça teria?

E por que aquilo estava acontecendo? Porque não deixei Callum se amontoar na minha cadeira? Porque tirei satisfação por ele ficar fazendo comentários sobre meu suéter e minha bunda? Porque lhe dei um chute na canela? Porque o envergonhei na frente do sr. McCabe?

Tudo que ele ganhou foi um dia de castigo, de qualquer maneira; o sr. McCabe tinha basicamente ignorado a *ação* de

Callum e só se concentrado na minha *reação*. Assim como a sra. Fender tinha me banido para o fundo da seção dos trompetes e deixado Callum ficar com seu solo.

Era tudo tão incrivelmente *errado e injusto*...

Mas a última coisa que eu queria era outra reunião com o sr. McCabe, seguida de mais castigo, ou coisa ainda pior.

Então, eu precisava sair do pátio. Seguir em frente.

E ir aonde?

Eu tinha acabado entrar no prédio quando Samira agarrou meu cotovelo.

— Ei, o que aconteceu? — ela perguntou sem fôlego. — Pensei que você estivesse brincando.

— Não posso — respondi.

— Por que não?

Contei a ela sobre a regra dos seis metros. E sobre como Callum nunca me deixaria esquecer dela, o que significava que eu não poderia participar da brincadeira. Ou de qualquer outra coisa no pátio, na verdade.

— Então você vai simplesmente deixar que ele te domine desse jeito?

Seus olhos brilhavam por trás dos óculos.

— O sr. McCabe disse que, se a gente quebrar a regra dos seis metros, vai ter outra consequência. Uma maior.

— Ah, Mila. — Ela sacudiu a cabeça. — Que ruim. Se fosse *comigo*...

— Mas não é. — Percebi que acabou saindo mais ríspido do que eu queria. — Desculpa.

— Não precisa pedir desculpas; você está certa, eu não deveria ter dito isso. É só que é tão... frustrante! Cadê seus amigos? Zara, Omi, Max...

Dei de ombros.

— A coisa toda está fora de controle.

— É. Bem, isso precisa parar.

— Como?

— Não sei. Mas você não pode fazer isso sozinha. Aonde você está indo agora?

Dei de ombros de novo.

— Tudo bem, então vamos para a sala de música juntas. O ensaio da banda começa daqui a treze minutos; a gente pode treinar para a apresentação.

Resmunguei.

— Samira, eu já treinei que nem uma doida. Ninguém vai me ouvir lá da última fileira, de qualquer maneira.

— Claro que vai, Mila. Você toca mais alto do que imagina. — Ela cutucou meu cotovelo com o dedo e sorriu. — E, se a sala de música estiver vazia, a gente treina nossos chutes.

Emprego

Passar um tempo na sala de música com Samira fez eu me sentir muito melhor. Não só tocamos nossas partes de "Pirate Medley", mas também treinamos bloqueios aéreos, socos para a frente e chutes laterais. E Samira guardou um lugar para mim no ônibus de volta, então, por mais que fosse segunda-feira e os garotos do basquete nem estivessem ali, não me sentei sozinha. Ela chegou a perguntar se eu iria voltar para o karatê, mas eu não queria dar azar, então não lhe contei que minha mãe tinha uma reunião com Erica.

Poucos minutos depois que cheguei em casa, minha mãe e Hadley entraram com a sra. Ames e Cherish. Assim que minha mãe me viu, ela gritou:

— ADIVINHA SÓ, MILA.

— Você conseguiu o emprego?

— EU CONSEGUI O EMPREGO.

Ela disse que seria gerente de escritório de Erica, que tomaria conta de toda a papelada, atenderia os telefonemas, basicamente administraria o lugar para que Erica pudesse dar aulas de ginástica.

— O salário não é tão bom — minha mãe admitiu. Ela estava radiante, mais feliz do que eu a via em semanas. Talvez meses. — Mas é um lugar que amo muito. E, é claro, agora nós podemos fazer aulas ilimitadas...

Hadley gritou, bateu palmas e pulou.

— E devo tudo isso às minhas meninas — minha mãe continuou, juntando Hadley e eu em um abraço. — Esse é *nosso* emprego. Nós três conseguimos juntas.

— Ahh — a sra. Ames disse. — Fiquem nessa pose! — Ela tirou uma foto nossa com o celular.

— Não se esqueça da Delilah — Hadley disse. — Ela também ajudou. Se ela não odiasse tanto a chuva, provavelmente não teríamos entrado na E Moções.

— É — menti. — Foi um esforço em equipe.

Eu me aconcheguei nos braços da minha mãe, mais necessitada daquele abraço do que gostaria de admitir, especialmente na frente da sra. Ames.

Foi então que Hadley deu um pulo e me acertou no queixo.

— Mamãe, *agora* posso ter um hamster chamado Grana?

Minha mãe riu.

— Vou precisar pensar no assunto, querida.

— "Pensar no assunto" significa sim!

— Não significa, não — falei. — Significa...

— Mila, eu ouvi! Você não precisa *me dizer*! Mas a gente pode ir no Junior Jay's, *por favor*?

Hadley ainda estava pulando.

— Tudo bem por você, meu amor? — minha mãe me perguntou. — A gente podia até ir na E Moções primeiro, e depois talvez Molly e Cherish possam se juntar a nós para jantar. Por minha conta — ela acrescentou.

— Ah, Amy, não precisa — a sra. Ames protestou.

— Bom, mas eu insisto. Você tem ajudado tanto.

De repente, minha mãe olhou para mim com olhos que perguntavam alguma coisa, mas eu não sabia o quê. Talvez a pergunta fosse: *Tudo bem por você, Mila? Porque sei o que você acha da Molly...*

Apenas sorri para ela.

— Claro — falei. — Vamos comemorar.

Progresso

Passei o resto da semana treinando karatê, pensando sobre karatê, indo ao karatê depois da escola todos os dias. A sra. Platt parecia muito feliz por eu estar de volta às aulas, me elogiando por dar chutes e socos mais fortes e fazer bloqueios mais rápidos.

Não demorou até que a sra. Platt me colocasse para fazer dupla com Destiny, a aluna mais avançada da turma. E, todas as vezes que a sra. Platt passava por nós, ela corrigia um cotovelo ou um joelho e depois comentava: "Progresso, srta. Brennan."

Ouvir aquela palavra — "progresso" — me deixava absurdamente feliz.

Até eu mesma conseguia ver o progresso quando me observava treinando no espelho. Eu estava fazendo os movimentos suavemente, um após o outro, sem hesitar, nem precisar recuperar o fôlego.

Será que meu corpo estava diferente? Depois de apenas algumas aulas, provavelmente não. Mas, de alguma forma que eu não conseguia descrever, a *sensação* era diferente. Mais sólida. Mais definida e simplesmente mais... *presente*.

Será que as outras pessoas percebiam?

Na sexta-feira, tive uma resposta. Depois da aula, Samira me chamou para comer uma pizza com ela no centro da cidade. Meu primeiro pensamento foi: *Ah, não. E se os garotos do basquete estiverem lá?*

Meu segundo pensamento: *Tá, e daí se estiverem?* Eles não estavam me incomodando ultimamente; não era como se tivessem se esquecido de mim — de vez em quando eu pegava Callum me espiando durante os ensaios da banda —, era mais como se estivessem dando um tempo.

Ainda assim, pelo menos temporariamente, eles tinham recuado. De qualquer maneira, eu estaria com Samira, que eu sabia que os assustava sempre que os encarava por trás de seus óculos azuis e sacudia as longas tranças feito um chicote.

— Claro — disse a ela.

Fiquei surpresa com o quanto ela ficou feliz.

Andamos juntas até o centro. Ela me contou sobre o pestinha do seu irmão mais novo; eu contei a ela sobre a pestinha da minha irmã mais nova. Nós duas reclamamos sobre o que nossas mães esperavam que fizéssemos em casa. Ela me contou sobre sua velha gata preguiçosa; eu contei a ela sobre nossa velha cadela preguiçosa.

Quando chegamos à Pie in the Sky Pizza (*sem nenhum garoto, uhu!*), cada uma de nós pegou uma fatia e uma lata de Sprite. E então Samira falou sobre como ela achava que a sra. Fender estava sendo injusta em relação à minha cadeira na banda.

— Você deveria se manifestar — ela aconselhou.

— Não, a sra. Fender não vai dar ouvidos — respondi. — Ela já tem um conceito formado sobre mim.

— As pessoas mudam — Samira insistiu. — Olha só o quanto *você* mudou.

— Eu?

— É, Mila, você. — Ela tomou um gole direto da lata. — Você está muito mais forte agora. Seus movimentos estão maravilhosos, sério. E você parece até *maior*.

Sorri tanto ao ouvir aquilo que vazou um pouco de Sprite pela minha boca.

De repente, tudo pareceu mudar.

Desde que tinha arranjado o emprego, minha mãe estava feliz, e nem se dava ao trabalho de brigar com meu pai por dinheiro. Hadley também estava feliz, ocupada com as aulas de dança e ginástica. Então, no geral, as coisas em casa estavam mais tranquilas.

A situação com os amigos é que estava complicada.

Zara me encontrava na frente da sala de aula todo dia, e nós conversávamos praticamente como costumávamos fazer, mas nunca sobre nada importante, e não por muito tempo. E ela andava jogando basquete quase sempre no intervalo, principalmente com Liana e Ainsley, às vezes até com os garotos. Eu estava tranquila quanto àquilo: não queria que *deixássemos* de ser amigas, mas, depois de tudo que tinha acontecido entre a gente, eu me sentia insegura em relação a ela, para dizer a verdade.

Uma vez, quando fomos as primeiras a chegar no pátio, cheguei até a tentar pedir desculpas por não ter contado a ela sobre o cartão de pontos.

— Ah, já esqueci isso tudo — ela disse, sacudindo a mão para mim.

No segundo seguinte, pegou uma bola de basquete e começou a driblar.

Tentei decidir se aquilo era bom ou ruim:

Ela esqueceu porque me perdoou.

Ela esqueceu porque nunca foi tão importante assim para ela.

Quer dizer, Zara era Zara. Ela sempre seria Zara, me deixando desequilibrada, insegura. E eu sabia que não devia esperar nada de diferente.

Tive medo de que as coisas ficassem instáveis com Max também, mas de alguma forma não ficaram. Ele nunca mais falou do sr. McCabe. Nem citou a palavra "bullying". Era como se tivéssemos concordado em ser amigos *apesar* desses temas. O que era delicado de se fazer, mas nós dois estávamos tentando.

Às vezes, durante o almoço, Omi ficava vendo Zara jogar basquete, e às vezes ficava com Max, Jared e eu (isto é, quando Max e Jared não estavam brincando de pique-não-pega, ou quando eu não estava conversando com Samira). Mas, mesmo quando não estávamos juntas no pátio ou dentro do prédio, eu sempre sabia que Omi estava de olho em mim — prestando atenção do seu jeitinho discreto.

Durante um almoço, ela me deu uma concha achatada com manchas marrons de sua coleção.

— É uma concha de lapa — explicou. — Os cientistas acreditam que seja a matéria biológica mais forte do mundo. Mais forte do que uma teia de aranha.

— O que é uma lapa? — perguntei.

Ela sorriu.

— Um molusco pequenininho, tipo um caracol. Elas são muito comuns; você as encontra por todas as rochas do oceano. A Tia Rosario trouxe essa para mim de Porto Rico. Mas estava pensando que deveria ser sua, Mila. Porque ela é muito resistente.

Abracei Omi bem apertado.

O Círculo da Amizade não estava destruído para sempre, disse a mim mesma. Mas talvez estivesse num formato de ovo mole. E talvez outra coisa estivesse tomando seu lugar.

Camisa

Duas semanas depois, chegou o concerto de outono.

Era muito estranho o quanto eu estava me sentindo nervosa, considerando que eu não tinha um solo. Mas acho que todas as semanas de ensaio, mais os pais enchendo o auditório, mais a roupa de apresentação (camisa branca, saia ou calça preta, sapatos pretos que não eram tênis) resultaram na minha agitação na barriga. Será que eu conseguiria dar o meu melhor no palco — ignorar todo o zumbido na minha cabeça, todas as distrações barulhentas, e simplesmente ouvir o lindo céu azul do meu trompete?

Eu queria acreditar que seria capaz, mas, quando entrei na sala de música, fiquei pensativa.

— Meu Deus, você viu toda aquela gente lá fora? — disse Annabel, praticamente me atacando na porta. Os olhos dela estavam arregalados.

Nós deveríamos esperar ali até chegar nossa vez de entrar. Primeiro era a apresentação da orquestra, depois o coral, depois a gente. Mais tempo para ficarmos nervosos por subir ao palco.

— E se alguém for embora antes de entrarmos? — Jared perguntou.

— Quem perde são eles — Samira disse, sacudindo a mão. — Prefiro tocar para uma plateia pequena que *escute* de verdade.

Samira parecia confiante como sempre, mas vi gotinhas de suor em seu lábio superior. Se *ela* estava nervosa, como todo mundo deveria se sentir?

— Ei, Callum! — Leo gritou. — Você se esqueceu de uma coisa!

— O quê? — Callum perguntou. Seu rosto ficou pálido.

— De vestir calças! Mas suas pernas ficam lindas nessa saia!

— Ha, que engraçado, Leo — Callum disse.

Dante deu um grito.

— É, cara, você devia usar saia com mais frequência.

— Ou vestido — Tobias disse. — Com sutiã.

Samira me lançou um olhar. *Ignora*, ela disse sem emitir som.

Eu sei, respondi.

Foi então que a sra. Fender enfiou a cabeça para dentro da sala de música. Ela estava usando um vestido preto chique de seda com um decote em V profundo. Não era o tipo de roupa que se vendia na Old Navy.

— Cinco minutos, pessoal — ela disse. — Lembrem-se de sair em fila única e ocupar suas cadeiras sem conversar. Lembrem-se também da postura da banda: costas retas, peito aberto, pés no chão. Solistas, vocês estão prontos, então arrasem. Não se contenham; esta é a chance de vocês porem tudo para fora.

Ela se virou para sair.

— Sra. Fender, como vamos saber que está na hora? — Annabel gritou.

— Tente ficar calma, Annabel. Volto em dois minutos para levar vocês até lá. Só quero conferir se minha partitura está pronta no palco. Agora, por favor, arrumem-se por seção, ok?

Ela saiu.

Samira acenou com a cabeça para mim.

— Você vai ser ótima — falei.

— Você também. Sério.

Ela sorriu. Depois, secou o lábio superior com o dedo indicador.

Eu a observei se afastar para se juntar aos outros clarinetistas. Lily Sherman lhe deu um tapinha nas costas.

Meu coração batia forte enquanto eu andava até o pessoal do trompete.

— Cara, sério, você vai mandar superbem — Dante dizia a Callum.

— É — Luis concordou. — Você consegue, mano.

— Valeu — Callum agradeceu.

Mordi a parte de dentro da bochecha. Aquele tipo de torcida lembrava um jogo de basquete. Eu deveria encorajar Callum também? Bem, sem chance.

— Muito bem, banda, nossa vez! — A sra. Fender estava de volta. — Façam fila e me sigam! Boa sorte, pessoal! Lá vamos nós!

— Ei, Mila, hora de fazer fila — Tobias me disse.

— É, eu ouvi — falei. — Não precisa me informar.

Andei até o final da fila.

No mesmo instante, Callum foi para trás de mim. Ele estava usando um desodorante forte, ou algo do tipo, e estava perto demais, a ponta dos seus sapatos acertando meus calcanhares.

Ignore.

Pense no grande céu azul aberto.

Pense na filmagem ampla da área fora da escola.

Em um minuto você vai estar no palco...

— Ei, Mila — Callum murmurou.

Olhe para a frente. Postura da banda.

— Mila.

Faça o kiai *com os olhos...*

— Ei, Mila, escuta. *Mila*. Quer saber? Dá pra ver tudo por baixo da sua camisa.

E, depois disso, tudo que ouvi foram risadas.

Apresentação

Acho que foi o momento.

Porque, quer dizer, não teve nenhum tipo de contato. Foi só um monte de palavras idiotas.

Mas falar *aquelas* palavras bem no momento em que estávamos indo para o palco era como dizer: *Você está prestes a passar vergonha, Mila. Porque se eu consigo ver tudo por baixo da sua camisa, então a* PLATEIA INTEIRA *também consegue.*

Ou pior: *Não importa o quão bem você toque, ou o quanto você tenha praticado. Tudo que as pessoas vão notar é o que está por baixo da sua camisa.*

Então, acho que a humilhação de estar presa na última fileira, junto com tudo o que tinha acontecido nas últimas semanas... foi a gota d'água. Não conseguia superar o comentário idiota que Callum tinha feito, além de todas as risadas.

Especialmente as risadas.

Naquele momento, eu soube que não havia possibilidade, por mais que eu tocasse, por mais que me concentrasse na música, de atingir a linda sensação de grande céu azul aberto.

Ei, Mila, dá pra ver tudo por baixo da sua camisa.

Como se eu fosse invisível.

Mas eu não era. Eu estava *ali*.

E dava para ouvir a voz de Samira na minha cabeça: *Você toca mais alto do que imagina.*

Conforme íamos nos sentando nas nossas cadeiras no palco, a plateia quase cheia aplaudia e vibrava. Minha mãe e Hadley acenaram para mim da terceira fileira, mas eu não acenei de volta.

A sra. Fender se curvou — uma reverência de música, não de karatê — e abriu um sorrisão para a plateia.

— Boa noite, amigos e familiares — disse ao microfone. — Estamos muito contentes de compartilhar com vocês todo o nosso trabalho árduo deste ano. Estou extremamente orgulhosa dos nossos alunos do sétimo ano; acho que realmente nos entrosamos como banda nessas últimas semanas, e estou ansiosa pelo que vem pela frente! Nossa primeira música da noite se chama "Pirate Medley" e conta com a participação de dois dos nossos músicos mais talentosos: Samira Spurlock no clarinete e Callum Burley no trompete.

A sra. Fender se virou para nós, sorriu e piscou. Ela bateu na estante de partitura três vezes com a batuta.

— Estão prontos, pessoal? Um, dois, três…

O solo de Samira foi ótimo, como sempre.

E, quando Callum ficou de pé para tocar o solo dele, eu toquei um Si bemol. Bem alto.

Foi estranho, como se eu estivesse no palco e fora do palco, tudo ao mesmo tempo. Flutuando por cima do auditório, olhando para baixo. No palco mas também na plateia, assistindo e ouvindo. Imaginando o que aconteceria a seguir.

— Mila, fica quieta — Dante sibilou.

Callum virou a cabeça para mim. Ele parecia chocado.

Algumas pessoas na plateia deram risinhos nervosos. Provavelmente achavam que eu não estava prestando atenção, que entrei cedo demais.

Callum respirou fundo e começou a tocar de novo. Dó, Ré, Ré, Fá sustenido…

Eu buzinei um Dó sustenido.

Mais pessoas riam.

A sra. Fender se inclinou na minha direção freneticamente, tentando me lançar o *kiai* com os olhos. Eu me recusei a olhar.

Callum, de bochechas vermelhas, começou de novo. Como se fosse permitido. E é claro que todo mundo sabia que não era.

Dó, Ré, Ré, Fá sustenido…

Explodi um Lá bemol.

As risadas tinham parado. No lugar delas, havia murmúrios. No palco e no auditório.

— Vai, Mila! — Zara gritou lá dos fundos.

Mais alguém gritou:

— Uhuuu!

Algumas pessoas começaram a aplaudir.

Callum ficou ali parado, de rosto vermelho. Dava para ver que seu cérebro tinha se desconectado e ele não fazia ideia se deveria recomeçar uma terceira vez ou talvez apenas esquecer a coisa toda e se sentar de novo.

E então, com Callum ainda congelado de pé, alguém guinchou uma nota alta e longa no clarinete: Samira.

Em seguida, um chiado de saxofone: Annabel.

— Muito bem, pessoal — a sra. Fender sussurrou furiosamente. — Já chega…

Eu toquei um Lá retumbante.

Jared tocou um monte de notas aleatórias no oboé.

Hunter produziu um som de pum de cachorro no seu trombone.

Eu fiz a versão de um berro de gato no trompete.

A sra. Fender bateu a batuta.

— JÁ CHEGA. TODO MUNDO, PODE PARAR. AGORA.

Ela se virou para encarar a plateia.

— Senhoras e senhores, isso obviamente é uma pegadinha, mas, por favor, aceitem meu pedido de desculpas. Sei que muitos de vocês tiveram que sair mais cedo do trabalho para estar aqui e... bem, não sei o que dizer, a não ser que sinto muito por desperdiçar o tempo de vocês. E agora, por favor, com licença. *Banda do sétimo ano, saia do palco!*

Piada

Certa vez, quando Hadley tinha mais ou menos quatro anos, ela deu descarga em quatro potes de massinha de modelar, só para ver o que ia acontecer. A expressão da minha mãe quando aquilo aconteceu foi a mais brava que eu já tinha visto na vida.

Até aquele dia.

A sra. Fender estava tão irritada que chegava a tremer. Sua voz também estava trêmula.

— Será que alguém pode me explicar o que foi que aconteceu no palco? Que falta de educação com um colega de banda foi aquela? E o sacrifício de todo o nosso trabalho árduo jogado no lixo na frente de todos os pais?

— É, Mila — Ainsley disse. — Minha avó dirigiu por duas horas para me ouvir tocar. Então estou muito, muito brava por você ter feito isso!

— A Mila não foi a única — Annabel protestou, encontrando meu olhar.

— Não, mas foi ela que começou.

— É, definitivamente foi ela — Daniel resmungou.

Meu estômago se contraiu. Minha cabeça parecia um balão prestes a flutuar.

— Estou esperando uma resposta para minha pergunta — a sra. Fender avisou.

— Foi só a Mila sendo psicótica — Dante disse. — Essa reação exagerada de sempre.

— Ao quê?

Silêncio.

— Ao *quê*? — a sra. Fender repetiu com a voz tão cortante quanto um vidro quebrado.

— Callum me disse uma coisa — falei. Minha garganta estava tão seca que dava para ouvir minha voz ficando rouca. — Logo antes da gente subir no palco. Tem acontecido muito ultimamente, não só com ele, e eu não sabia o que fazer. Mas acho que só... descobri como falar a língua dele.

Todo mundo estava me encarando.

— Então você precisava destruir a apresentação — Dante disse. — Não só para o Callum. Para a banda inteira.

— E foi só uma piada — Callum murmurou.

— Uma *piada*? — a sra. Fender retrucou. Ela olhou para Callum, depois para Dante, depois para mim. — Que tipo de piada?

Ninguém respondeu.

— *Que tipo de piada?* — ela exigiu saber.

— A Mila só leva tudo muito a sério — Leo disse. — Ela é sensível demais.

— Isso não é verdade — rebati. — Você *sabe* que não é, Leo.

— Muito bem — a sra. Fender interrompeu. Ela de repente parecia exausta. — Será que alguém pode, *por favor*, me ajudar um pouco? Não estou conseguindo entender.

— Você realmente quer ouvir, sra. Fender? — Samira perguntou. — Porque já faz um tempo que algumas coisas vêm acontecendo. Todo mundo aqui sabe. E se disserem que não sabem, é mentira.

Liana fez o rosto sem expressão.

Samira lançou um olhar para Hunter, que encarou o chão.

Então, ela ergueu as sobrancelhas para mim. *E aí?*, os olhos de Samira diziam.

Eu sabia o que ela estava me encorajando a fazer, mas não consegui. Não ali, na frente de todo mundo. A punição só seria maior. A humilhação.

Sacudi a cabeça.

Mas a sra. Fender não desviou os olhos de mim.

— Muito bem — ela disse. — Todos para fora da sala de música. Mila, posso falar com você a sós, por favor?

Professora

Contei à sra. Fender a história inteira, desde o início. Sobre o suéter verde felpudo, os abraços e a mão-boba. O que tinha acontecido nos armários, no ônibus, no pátio. Quando lhe contei todas as coisas que tinham acontecido na sala de música, a mão da sra. Fender voou até a boca.

— *Ah* — ela disse. — Mila, eu sinto muito! Eu não fazia ideia...

— Eu sei — respondi.

Então, continuei falando. Contei até do cartão de pontos. Ao menos tudo que eu sabia sobre o assunto.

Foi bem estranho, porque eu sempre tive um pouquinho de medo da sra. Fender, na verdade. Mas acho que talvez tivesse a ver com o fato de ser musicista, porque a sra. Fender acabou sendo uma ótima ouvinte. Ela não me interrompeu nenhuma vez. Fez perguntas curtas que me mantiveram falando. E em nenhum momento fez com que eu me sentisse idiota, como se eu estivesse "exagerando", como se eu não soubesse "aceitar uma piada". Além disso, ela não me disse para "apenas ignorá-los".

— Assédio sexual, que é o que essa situação me parece, Mila, é algo que eu levo muito a sério — ela disse em um tom de voz baixo e cuidadoso quando finalmente acabei de falar. — E não só porque já aconteceu comigo também.

— *Aconteceu?*

A princípio, achei que tivesse ouvido errado. Porque, de todas as mulheres que eu conhecia, a sra. Fender provavelmente era a última que alguém escolheria para mexer. Bem, tirando a sra. Platt. E a sra. Wardak, que usava um apito pendurado no pescoço.

Eu a encarei, esperando que ela explicasse.

Então, não consegui mais olhar para o rosto dela. Por isso, fiquei olhando para suas mãos no colo: finas e bonitas, com um esmalte cor-de-rosa brilhante, os dedos se contorcendo de um jeito que eu nunca tinha visto antes.

Eu não queria ouvir. Quer dizer, a sra. Fender era minha *professora*.

Mas eu também não queria *não* ouvir.

Nossos olhares se encontraram.

A sra. Fender assentiu.

— Sim, aconteceu muitos anos atrás, quando eu fazia estágio de professora. Não foi nesta escola — ela acrescentou depressa. — Foi uma experiência horrível, realmente dolorosa, mas aprendi muito sobre mim mesma. E sei que pode ser diferente para pessoas diferentes, mas acho que nunca é fácil falar sobre essas coisas. Você é uma pessoa muito forte, Mila.

— Sou? — Minha voz soou como se estivesse vindo de outro lugar da sala. Como se, de repente, eu fosse um ventríloquo, sei lá. — E você não está mais brava? Por eu ter estragado a apresentação?

Ela suspirou.

— Eu estaria mentindo se dissesse que estou feliz com isso. Todos nós trabalhamos pesado nessa música. Sei que você também.

Ela tinha percebido. Ah.

A sra. Fender esticou o braço e deu tapinhas no meu ombro. Por cima da minha camisa, seus dedos eram leves e quentes.

— Mas também entendo que, às vezes, a gente chega num ponto em que a única coisa que importa é que nos ouçam. Não, não só que nos ouçam. Que nos *escutem*, né?

Eu inspirei.

— É.

— Eu só queria que você tivesse falado comigo antes de hoje à noite, para que nunca tivéssemos chegado a esse ponto, sabe? Mas talvez parte disso seja culpa minha. Fui bem dura com você quando te mudei de lugar, não fui?

Era difícil saber como responder. Por um segundo, hesitei. Ela estava realmente me pedindo para criticá-la?

Decidi que estava.

— Meio que pareceu que você se preocupava exclusivamente com os solistas. E com a sonoridade da banda. Não com os meus sentimentos.

— Posso entender por que você achou isso. — As sobrancelhas perfeitas da sra. Fender se juntaram. — E peço desculpas de verdade, Mila. Sabe, os professores veem muitas coisas, mais do que os alunos às vezes se dão conta. Mas, de vez em quando, alguma coisa acaba escapando do nosso radar. E, se soubesse disso antes de hoje, eu *juro* que teria acabado com essa história. Posso te fazer uma pergunta? — Sua voz era suave. — Você contou alguma dessas coisas à sua mãe?

— Na verdade, não.

— Posso perguntar por quê?

Eu não queria falar sobre meu pai, os cheques que ele nos devia, as brigas pelo telefone. Então, disse apenas que minha mãe tinha perdido o emprego e eu não queria lhe dar mais motivos de preocupação.

— Você tem muita consideração — a sra. Fender disse. — Mas acho que sua mãe precisa saber disso, você não acha? E provavelmente ela está preocupada com você agora.

— Está?

Pisquei.

— Bem, depois de tudo que aconteceu no palco. — A sra. Fender chegou a sorrir por um tempinho. — Tenho certeza de que a essa altura alguém já disse a ela que você está aqui, conversando comigo. Talvez ela ache que você está encrencada.

Saltei da cadeira.

— Tem razão, preciso encontrá-la. Mas, sra. Fender?

— Sim, Mila?

— O que vai acontecer agora? Digo, com os garotos.

A sra. Fender cruzou as lindas mãos no colo.

— Quero pensar sobre isso durante a noite. Vamos conversar de novo amanhã. Pode ser?

— Claro. E obrigada. — De repente, minha voz tremeu. — E… bem, desculpa pelo que fiz no palco.

— Entendo por que você fez aquilo — a sra. Fender disse. — Quero que saiba que eu apoio você, Mila. Mas também fico feliz que esteja arrependida.

Depois

Naquela noite, quando chegamos em casa, fui até o quarto da minha mãe, fechei a porta e contei tudo a ela, como tinha prometido à sra. Fender.

A princípio, minha mãe ficou calma, depois furiosa.

— Esses garotos... eles não tinham o direito de tratar você assim, meu bem! E o sr. McCabe sabe? Eu realmente acho que deveríamos ter outra reunião.

— Não, não, não liga para ele — implorei. — A sra. Fender vai cuidar de tudo.

— Tem certeza? Porque às vezes, quando um responsável faz barulho...

— Por favor, por favor, não faz isso, mãe, tá? É muito importante para mim cuidar disso com a sra. Fender.

— Tá bom. Contanto que esse comportamento pare. — Os olhos da minha mãe se encheram de lágrimas. — Ah, Mila, estou tão chateada comigo mesma. Eu deveria ter percebido... quer dizer, eu sabia que *alguma coisa* estava acontecendo, mas pensei que fossem só coisas normais da escola. Com seus amigos.

— Bem, meio que acabou virando isso — admiti para ela enquanto nos abraçávamos. — Mas não é culpa sua você não saber; eu basicamente escondi tudo. Porque já estava acontecendo muita coisa na sua vida.

— Ah, meu bem, nada é mais importante do que você. *Nada*. E posso dizer uma coisa? Eu sinto muito mesmo que seu pai não conheça você agora. Porque, se conhecesse, tenho certeza de que ficaria muito orgulhoso.

Minha garganta doeu. Não respondi.

A verdade era que eu não sabia se acreditava. Mas ainda assim era bom ouvi-la dizer aquilo.

— E quanto a esses garotos… — minha mãe começou.

— Sim? — perguntei, inalando o xampu dela. — O que tem eles?

Ela deu uma risadinha engasgada.

— Vamos só dizer que estou feliz por você estar de volta ao karatê.

Na manhã seguinte, Zara, Omi, Max e Jared estavam esperando por mim na frente da sala de aula. Quando eu os vi, meu coração foi até a garganta. O quanto eu deveria revelar sobre minha conversa com a sra. Fender? Ela não tinha me jurado segredo; mas parecia errado não manter o assunto em particular.

E seria outra discussão em grupo? Ou outra briga com Zara? Porque, com todos os fogos de artifício explodindo na minha cabeça, não havia espaço para nenhuma faísca a mais.

Mas, no mesmo instante, os quatro me cercaram em um abraço apertado.

— Mila, você foi incrível! — Zara gritou. — O jeito como você dominou o palco…

— Você ouviu todos nós torcendo por você? — Omi perguntou.

— Bom, eu falei mais alto — Zara disse. — PORQUE EU TENHO A VOZ MAIS ALTA DE TODAS.

— Dá licença — a sra. Wardak berrou do outro lado do corredor. — Controlem as vozes, por favor.

Controlem as vozes, por favor, Zara repetiu sem emitir som quando nos separamos do abraço. Dei uma olhada rápida na camiseta dela: HOJE É O TERCEIRO DIA DO RESTO DA SUA VIDA.

Omi e eu nos olhamos. *Você é a criatura biológica mais forte*, ela me dizia. *Pequena e resistente, como uma concha de lapa.*

— Obrigada — disse a ela em voz alta.

— Mas eu não fiz nada — Omi respondeu, corando.

— Enfim, Mila, foi muito legal como você se vingou do Callum — Zara disse. — Fez ele de idiota na frente de todo mundo…

— Não foi essa minha intenção — falei. — Não foi por isso que agi daquele jeito, Zara.

— Bem, foi isso que *pareceu* — Zara insistiu. — Por que você fez aquilo, então?

— Porque eu simplesmente… senti que não tinha opção. Mas talvez não fosse verdade. Conversei com a sra. Fender sobre o assunto e… me sinto mal pela coisa toda, na verdade.

— Sério, Mila? Do jeito que os garotos se comportaram…

— Mas talvez eu não precisasse ter estragado o concerto para todo mundo. Sei lá.

Uma pausa estranha.

— Então, o que a sra. Fender disse? — Max me pressionou. — O Callum vai se dar mal?

— Não tenho certeza — respondi. — Ela disse que vamos falar sobre isso hoje.

— Se querem saber minha opinião, o Callum deveria ser suspenso — Jared disse. — Ou expulso.

— *Todos* eles deveriam — Max afirmou, assentindo. — Leo, Dante, Tobias...

Senti o estômago embrulhar. Seria aquele o próximo passo? Parecia bem extremo, na verdade.

Será que era o que eu queria?

Por mais irritada, frustrada e magoada que me sentisse, por mais cansada que estivesse de todo o drama, eu sabia que não.

Escolha

Antes mesmo que eu pudesse me sentar na sala de aula, me disseram para ir direto falar com a sra. Fender.

— Mila, tenho uma ideia — a sra. Fender anunciou assim que entrei na sala de música. — Se você concordar, gostaria de marcar uma reunião comunitária.

— Re-u-ni-ão co-mu-ni-tá-ri-a? — repeti as sílabas como se não acreditasse nelas.

— Ah, não se preocupe, não com a escola inteira! Quero dizer só com os garotos envolvidos, e você, e quem mais você quiser que participe. A escolha é sua, Mila. Poderia ser um amigo, ou outro professor. E, é claro, sua conselheira.

— Minha conselheira teve um filho. Ela não está aqui.

— Ok, bom, outra pessoa do departamento de orientação. E, é claro, vou estar presente para te dar total apoio também.

Eu me senti engolindo uma pedra.

— Não sei. Isso parece tão… *grande*.

A sra. Fender esticou o braço por cima da mesa para dar tapinhas na minha mão.

— Entendo por que possa parecer assim, mas acho que é essencial para que os meninos compreendam que o que eles fizeram não é apenas pessoal; na verdade, afeta a *todos* neste prédio. E essa reunião vai ser uma oportunidade para que eles ouçam seu ponto de vista, com suas palavras. Com meu *total apoio* — repetiu.

Tentei imaginar como seria uma "reunião comunitária", mas meu cérebro não conseguia pensar em nada.

E a quem eu pediria para ir comigo? Zara não, definitivamente. Mas talvez Samira? Ou Omi? Ou Max? Claro que eles concordariam em ir se eu chamasse, mas todos eles tinham visto *algumas* coisas, não *tudo*. E o que eles poderiam contar que eu não seria capaz de dizer por conta própria?

— Não sei — admiti.

— Você não precisa decidir neste exato segundo — a sra. Fender disse. — Nem mesmo hoje. Mas acho que o quanto antes abordarmos isso, melhor.

Assenti. *O quanto antes, melhor*.

A sra. Fender sorriu gentilmente.

— Então você me avisa assim que tiver a chance de pensar sobre isso? Não tem problema dizer não, Mila, se você não achar que seja útil. Mas espero que você confie em mim.

— Ok — falei. — Vou pensar.

Quer dizer, me ouvi falando aquilo, mas nem parecia minha própria voz.

Liana

Desde o incidente com Tobias, eu passava o mínimo de tempo possível nos armários. Não que eu esperasse que apertassem minha bunda de novo, mas aquele corredor ainda me deixava nervosa.

Então, depois das aulas, abri meu armário depressa, peguei meu trompete, meu livro de matemática e minha melhor caneta preta e enfiei meu casaco dentro da mochila — tudo em um só movimento, sem parar. Estava prestes a bater a porta e sair correndo quando senti um leve cutucão no meu ombro direito.

Dei um pulo.

Mas era apenas Liana.

— Ah — falei.

— Desculpa — ela disse depressa. — Não quis te dar um susto, Mila. Só estava tentando chamar sua atenção...

— Sem problemas. — Fechei a porta do meu armário. — O que houve?

— Nada. Mas posso falar com você um minuto?

O rosto de Liana estava pálido, seus olhos escuros, redondos e arregalados, e sua boca, curvada para baixo nos cantos. Não era a falta de expressão típica que eu esperava.

E ela sempre teve sardas? Eu nunca tinha reparado.

Liana deu uma olhada por cima do meu ombro para um monte de garotos no corredor, rindo e se empurrando ruidosamente naquele clima de fim de dia letivo.

Nossos olhares se encontraram.

— Claro — falei. — Você quer ir para algum lugar?

Para outro lugar, foi o que quis dizer.

— Quero — Liana respondeu. — O que acha de irmos até o centro agora? A menos que você não possa.

— Não, vamos. Mas tenho karatê hoje à tarde, então não posso demorar. Um segundo.

Peguei meu celular e digitei: **Oi, mãe. Preciso falar com uma pessoa depois da aula. Não se preocupa, tá tudo bem. Você pode me buscar na frente da farmácia em, tipo, 15 minutos e me levar para a E Moções, pfvr? Deixei meu *gi* no carro ontem, então está tudo pronto pro karatê! Obrigada!!** Acrescentei um emoji de coração.

Minha mãe respondeu imediatamente. **Claro. Mas fica pronta assim que eu chegar, pq não posso deixar a E Moções vazia!**

Ela acrescentou dois emojis de coração. Mandei três de volta. Às vezes nós travávamos uma espécie de guerra de emojis, mas normalmente eu me rendia bem rápido.

Liana e eu andamos alguns quarteirões sem dizer muita coisa. Ela foi diminuindo o passo na frente da farmácia, então a acompanhei. E, como eu sabia que o tempo estava passando, soltei:

— Então, o que você queria me contar? Porque, sem querer apressar as coisas nem nada, mas...

— Desculpa! Vou ser bem rápida, Mila. Eu só queria falar com você a sós. Sobre as férias. — Ela franziu a testa. — Aconteceram algumas coisas comigo na piscina da cidade. Que nem o que aconteceu com você.

— Você quer dizer... com os mesmos garotos?

— Não — Liana disse cuidadosamente. — Com o Daniel e o Luis. Mas o Leo e o Tobias estavam presentes algumas vezes, e sei que eles viram.

Eu não queria ouvir. Mas sabia que precisava.

— O que aconteceu?

— Tá. — Ela respirou fundo, insegura. — Eu estava cuidando de uma garotinha que não sabia nadar. Então eu passava muito tempo com ela na água, e o Daniel, o Luis e um outro garoto que eu não conhecia começaram a jogar um jogo. Quer dizer, eu *pensei* que fosse um jogo. No começo. Mas aí não era. — Ela puxou as mangas por cima das mãos. — Eles não paravam de me incomodar debaixo d'água. Ficavam me bloqueando para que eu ficasse presa, puxavam meu maiô. Ficavam dizendo coisas sobre meu corpo. Riam. E não paravam.

— É, isso tudo soa familiar — murmurei. — Você contou para alguém?

— Alguém tipo aquele salva-vidas idiota do turno da tarde? — Liana revirou os olhos. — Ele provavelmente só acharia engraçado.

Não discuti. Sabia de quem ela estava falando: um garoto engraçadinho do ensino médio de cabelo escuro que nunca prestava atenção em nada na piscina. Algumas vezes cheguei até a vê-lo usando fones de ouvido, o que provavelmente era ilegal. Quer dizer, ilegal para um salva-vidas.

— E a mãe para quem você estava trabalhando? — perguntei.

— É, tentei contar a ela. Ela disse: "Bem, querida, você sabe que estou te pagando para tomar conta da Skyler, não para interagir com garotos." Como se fosse esse o nome, *interagir*.

Meu telefone vibrou. Uma mensagem da minha mãe. **Estou saindo. Pfvr fique pronta!!** Quatro emojis de coração.

Ok. Cinco.

Guardei meu celular no bolso da calça.

— Liana, por que você está me contando isso agora? Quer dizer, esse tempo todo...

— Porque estou me sentindo péssima pela apresentação da banda! E por eu nunca ter falado nada pra você! Ou ter te defendido! Mas achei que, se defendesse, eles começariam a me incomodar de novo. Sei que foi egoísta da minha parte, Mila, e estou muito arrependida!

Sua voz estava trêmula; ou ela estava chorando, ou estava prestes a começar. Eu a abracei, o que foi meio desconfortável, porque estávamos de mochila. Além disso, ela era quase da altura da Zara, então tive que me esticar.

Durante o abraço, senti um pequeno tornado dentro da minha cabeça. Muitas emoções rodopiando loucamente: eu estava aliviada por não ser só comigo. Triste por Liana. Com raiva por ter acontecido com nós duas. Triste por termos demorado tanto tempo para falar sobre aquilo.

Eu também queria fazer um monte de perguntas: o que aconteceu na piscina a fez se sentir estranha em relação ao próprio corpo? Ou a fez se perguntar se talvez não estivesse se enxergando direito ou, pelo menos, como os garotos a enxergavam? (E isso realmente importava? Porque, ultimamente, eu achava que não.) As coisas ficaram tensas e estranhas com seus amigos, ou ela nem chegou a contar para eles? Será que contou para *alguém*?

Mas não havia tempo para todas as perguntas, não naquele momento. Então só fiz a maior de todas: como ela fez parar.

— Não fiz — Liana admitiu. — As férias basicamente só acabaram. E, quando as aulas voltaram, era como se você fosse a próxima.

— É — falei, buscando o olhar dela. — Por nenhum motivo. Assim como não teve nenhum motivo para escolherem você na piscina.

— É, acho que sim.

— Não, sério, Liana. *Nenhum motivo*. E eu queria que você tivesse me contado antes, mas não estou brava com você nem nada disso.

— Ah, que bom! Porque tive medo de que você pudesse estar. Se bem que agora, é claro, os garotos vão simplesmente escolher outra pessoa.

— Talvez não.

— Hã — Liana disse. — Tá bom.

Ela murchou de repente, como um balão estourado.

E foi então que tomei minha decisão sobre a reunião comunitária.

E sobre quem eu queria que fosse comigo.

Sentimentos

No início do quarto tempo, a sra. Fender tinha organizado as cadeiras em um círculo perfeito. Nove cadeiras, todas ao fundo da sala de música, perto das janelas.

— Por favor, sentem-se onde quiserem — ela disse, como se tivesse nos convidado para uma festa de aniversário infantil.

Fingi escolher uma cadeira, sabendo que todas eram iguais.

Liana sentou-se ao meu lado, com olhos redondos e as sardas bem nítidas contra a pele pálida. A sra. Fender sentou-se na cadeira do meu outro lado, alisando a saia preta enquanto cruzava as pernas.

Uma mulher pequena, de cabelo escuro e aparência jovem, que eu nunca tinha visto antes, sentou-se ao lado de Liana.

— Espero que não tenha problema se eu me juntar, Mila — ela disse num tom de voz amigável, mas nem tanto. — Sou a sra. Habibi, estou cobrindo a licença-maternidade da sua conselheira, a sra. Maniscalco. A sra. Fender já compartilhou alguns dos detalhes, então estou bem atualizada. A menos que tenha mais alguma coisa que você gostaria que eu soubesse primeiro.

Sacudi a cabeça. Minha saliva estava com um gosto salgado, tipo areia de praia.

Além disso, meu cérebro estava girando.

Que bom que a sra. Habibi está aqui, porque isso significa que somos quatro mulheres. Contra quatro garotos do basquete. Então estamos empatados!

Só que temos cinco cadeiras vazias. Por que cinco?

A sra. Fender se levantou e deu alguns passos rápidos até sua mesa.

— Alguém quer água? — ela perguntou enquanto voltava com a garrafa chique de estampa de mármore.

— Não, obrigada — a sra. Habibi respondeu. — Mas que garrafa bonita.

— É, foi presente de aniversário do meu marido — a sra. Fender disse educadamente.

Liana e eu trocamos um olhar.

Você consegue, seus olhos diziam.

Você também, os meus respondiam. *Nós duas conseguimos*.

Uma fresta da porta se abriu.

— Posso entrar agora? — uma voz masculina perguntou.

Assim que ouvi a voz, já soube quem era: sr. Dolan, o conselheiro. Aquele que queria fazer a "conversa amigável".

Então talvez este encontro fosse isso. Não uma *reunião comunitária*, mas uma *conversa amigável*.

Bem, eu não estava me sentindo nem um pouco amigável.

Comecei a suar frio. Meus ombros estavam tensos, como se estivessem presos ao meu corpo por cordas que poderiam arrebentar a qualquer segundo.

— Sim, acho que estamos prontas — a sra. Fender disse. — Por favor, pode entrar.

Então ela deve ter percebido meu pânico, porque no mesmo instante se virou para mim e apoiou seus dedos quentes no meu braço.

— Mila, tudo bem por você se o sr. Dolan se juntar a nós? Você está no comando aqui, então, por favor, sinta-se à vontade para dizer não.

Respirei fundo enquanto o sr. Dolan atravessava a sala.

Ele parou na frente da minha cadeira.

— Mila, desculpe por não ter sido mais útil quando você veio falar comigo — ele disse num tom de voz baixo e sério. — Espero que você me deixe ficar; eu realmente acho que isso é algo que preciso ouvir. Mas, se você não estiver totalmente confortável, é só dizer que vou embora.

Busquei o olhar de Liana. Ela assentiu.

— Na verdade, acho mesmo que é uma boa ideia — respondi. — Se você escutar.

— Também acho — Liana murmurou.

— Obrigado — o sr. Dolan agradeceu, então se sentou na seção das cadeiras vazias.

Outra batida suave na porta. E então Leo, Callum, Tobias e Dante entraram. Não no clima de time de basquete de sempre: eles estavam sérios e silenciosos. Nem os tênis rangeram. E, conforme ocupavam as quatro cadeiras vazias, seus olhares percorriam a sala (Callum, Dante) ou encaravam o chão (Leo, Tobias).

Eles estão com medo, pensei. E quase senti pena deles.

Quase.

— Muito bem, eu gostaria de começar — a sra. Fender disse. — Obrigada a todos por terem vindo. Depois do que aconteceu na apresentação da banda, e de descobrir *por que* aconteceu, pensei que deveríamos nos reunir como comunidade, porque isso realmente nos afeta *como* comunidade. E eu gostaria que a Mila usasse este tempo do jeito que ela achar mais útil. A decisão é inteiramente dela. Tem alguma coisa que você gostaria de dizer primeiro?

Ela olhou para mim como se estivéssemos no palco e ela fosse a regente da banda, me indicando o momento de entrar.

Ah, que ótimo, ela está esperando todo um DISCURSO*?*

Meu coração bateu forte. Sacudi a cabeça.

A sra. Fender se virou para a sra. Habibi, que sorriu calmamente.

— Tudo bem, Mila — a sra. Habibi disse. — Então, se você achar que pode ser útil, gostaríamos de tentar um pequeno exercício: que você comece uma frase com as palavras "Eu me senti" ou "Eu me sinto", e que cada um dos garotos a repita.

— Só repetir o que ela disser? Palavra por palavra? — Dante fez uma cara de quem não acreditava no quanto isso parecia coisa de jardim de infância.

— Exatamente — a sra. Fender disse. — E assim todos nós vamos ter certeza de que vocês ouviram. E, assim espero, que escutaram. — Ela ergueu as sobrancelhas perfeitas para mim. — Quer tentar?

Eu me mexi na cadeira. Para dizer a verdade, a ideia parecia meio ridícula para mim também. Mas que seja. Eu não tinha uma sugestão melhor de como fazer isso.

Respirei fundo, insegura.

— Eu me sinto muito desconfortável sentada aqui — falei.

— Desculpe. Mila! — A sra. Fender se levantou depressa. — Você quer uma cadeira diferente? Eu tenho uma melhor na minha mesa...

— Não, não. Essa é minha frase: eu me sinto desconfortável sentada aqui.

A sra. Fender sorriu.

— Ah, é claro! Meninos, agora cada um de vocês, um por um, vai repetir a frase da Mila, começando com "A Mila se sente".

A Mila se sente desconfortável sentada aqui.

Eu: Eu me sinto triste porque as coisas ficaram estranhas com meus amigos.

— Tá, mas o que isso tem a ver com *a gente*? — Leo protestou.

— Muita coisa — falei. — E vocês só têm que repetir, Leo.

— Isso mesmo — o sr. Dolan disse, assentindo para mim.

A Mila se sente triste porque as coisas ficaram estranhas com os amigos dela.

Eu: Eu me senti com raiva quando o Callum fez aquela piada antes de entrarmos no palco.

A Mila se sentiu com raiva quando o Callum fez aquela piada antes de entrarmos no palco.

Eu: Eu me senti impotente quando ouvi falar do cartão de pontos. E humilhada.

A Mila se sentiu impotente quando ouviu falar do cartão de pontos. E humilhada.

Eu: Eu me senti estranha quando o Leo me enganou para que eu desse um abraço nele.

A Mila se sentiu estranha quando o Leo a enganou para que ela desse um abraço nele.

Eu: Eu senti vontade de chorar quando o Tobias me apalpou nos armários.

A Mila sentiu vontade de chorar quando o Tobias a apalpou nos armários.

Eu: Eu me senti irritada quando o Dante sentou perto demais no ensaio e no ônibus.

A Mila se sentiu irritada quando o Dante sentou perto demais no ensaio e no ônibus.

Eu: Eu me senti furiosa quando o Callum disse que eu não podia brincar de pique-não-pega. E que eu deveria parar de tocar meu trompete...

— Tá bom, espera, sra. Fender — Callum interrompeu. — Eu disse que a Mila não podia brincar de pique-não-pega porque a gente fez um acordo com o sr. McCabe e eu não queria criar problemas. E só falei para ela parar de tocar trompete aquela vez porque eu ia ensaiar com você e precisava aquecer primeiro.

A sra. Habibi assentiu para mim.

— Mila, você gostaria de responder? Você decide.

Eu: Eu me sinto frustrada quando o Callum assume o controle.

Callum: Assume o controle de *quê*?

Eu: De tudo. Desta conversa. Do espaço.

Troca

Ficamos nessa por mais ou menos quinze minutos. Foi horrível, exaustivo, estranho, constrangedor — mas também, no final, um grande alívio.

Depois que eu disse tudo que pude imaginar, a sra. Habibi perguntou aos garotos se eles queriam falar.

— Eu quero — Leo disse no mesmo instante. — Não estou dizendo isso como uma desculpa, nem nada disso, mas nunca foi pessoal. Quer dizer, nunca teve a ver com *você*, Mila. Eu achei, *todos* nós achávamos, que era só uma brincadeira.

— Bem, mas não era — Tobias disse com a voz embargada.

De repente, seu rosto se contraiu e ele começou a chorar. Chorar feio, com os ombros tremendo, catarro escorrendo pelo nariz.

A sra. Habibi lhe entregou um lenço de papel que ela devia estar carregando no bolso.

Liana e eu trocamos um olhar. Dava para ver que ela se sentia tão envergonhada quanto eu.

— *Eu* sabia que era errado, o tempo todo — Tobias disse entre arfadas. — Só fiz isso porque *todos* nós estávamos fazendo. E a gente é tipo um time, né? Quer dizer, a gente *é* um time. E pensei que se eu dissesse alguma coisa, se eu falasse para vocês: "Parem, deixem a Mila em paz, não quero mais fazer isso", vocês diriam: "Ok, tá bom, agora você está fora do time."

— Você podia ter falado alguma coisa — Leo disse a Tobias. — A gente teria te ouvido.

Eu bufei.

— Sério? Que engraçado, Leo. Porque nenhum de vocês nunca *me* ouviu.

— É verdade — Liana disse. — Vocês não ouviram.

A boca de Dante se contorceu.

— Bem, a gente estava errado, então. Desculpa por não termos ouvido, Mila.

— É, desculpa — Callum murmurou.

Seu olhar encontrou o meu, depois se voltou para o chão.

Ficamos todos sentados por um longo minuto, sem dizer muita coisa. Tobias se acalmou, mas ainda fungou mais algumas vezes, então a sra. Habibi lhe deu outro lenço. Por fim, ela e o sr. Dolan saíram da sala, e a sra. Fender nos disse para corrermos até os armários para pegarmos nossos instrumentos.

Não acreditei. A sra. Fender estava esperando que tivéssemos um ensaio da banda? Depois de tudo que acabamos de dizer uns aos outros? Parecia insano.

Mas pegamos nossos instrumentos mesmo assim. Quando todos nos sentamos novamente, a sra. Fender pediu que eu tocasse um intervalo aleatório — um Dó seguido de qualquer outra nota que eu quisesse. E então Liana e cada um dos garotos tiveram que ouvir qual era o intervalo e reproduzi-lo. Nunca tínhamos feito isso antes e, pode acreditar, era mais difícil do que parece. Mas acho que não fiquei surpresa ao ver que, de todo mundo, Callum foi o melhor. Mesmo quando eu estava furiosa com ele, nunca parei de achar que ele tinha muito jeito para música.

Fizemos o exercício de repetição diversas vezes.

Eu não via o propósito daquilo, para ser sincera.

E quando terminamos, a sra. Fender anunciou que tinha pensado muito no assunto e que, dali em diante, ela me nomearia líder da seção dos trompetes.

— *O quê?* — O rosto de Callum ficou pálido e sua voz falhou. — Sra. Fender, isso não é justo…

— Não fiz isso para punir você, Callum — ela disse calmamente. — Mas, a essa altura, acho que você entende minha decepção. A ideia é reconhecer o foco e o esforço da Mila nessas últimas semanas. Apesar de tudo o que ela está compartilhando com a gente hoje.

Encarei meus tênis.

Toda aquela aula ou reunião ou o que quer que fosse me exauriu. Ainda assim, eu estava em êxtase. Líder da seção dos trompetes? Talvez significasse que passei a ser a Queridinha Número Três.

Eu sabia que merecia. Sempre fui boa no trompete e andava ensaiando muito.

Mas, quando olhei para Callum, curvado e em silêncio, me senti estranha por dentro.

Em seguida, foi a hora do almoço. O dia estava frio, com um vento forte e cortante — não era o clima para se estar ao ar livre. Mesmo assim, vários alunos saíram para o pátio, como de costume.

Assim que saí, Max veio correndo na minha direção.

— Você está bem? — perguntou.

— Estou, muito melhor agora. — Eu não sabia que ia dizer isso, mas simplesmente saiu. — E você estava certo.

— Sobre o quê?

— Sobre falar sobre isso. Contar às pessoas. E aquela vez que eu disse que você não entendia...

Max ergueu a mão para me interromper.

— Não, esquece isso, Mila, está tudo bem entre a gente. Quer brincar de pique-não-pega? O Jared e eu vamos começar uma partida.

— Talvez mais tarde — menti.

Naquele momento, avistei Callum sentado sozinho em um banco. Seu moletom estava fechado até o queixo e ele encarava o celular.

Ainda está chateado com a decisão da sra. Fender, pensei. Então, fui até ele.

— Oi — falei.

Callum olhou para cima, assustado.

— Mila, a gente não pode ficar a menos de seis metros de distância um do outro.

— Eu sei. Você vai entregar a gente para a sra. Wardak?

Ele desligou o celular.

— O que você quer de mim? Já pedi desculpas. E não vai acontecer de novo; pelo menos *eu* não vou fazer isso de novo. Não sei mais o que posso te dizer, a não ser que a coisa toda foi tipo uma piada idiota que saiu errada. E então só continuou acontecendo.

A voz de Callum falhou. Um vento forte bagunçou seu cabelo, e eu o observei enfiar as mãos no bolso da frente do moletom.

— Eu também faço isso — falei suavemente. — Digo coisas que saem erradas. Na verdade, faço isso o tempo todo. Mas aí eu me sinto mal e tento consertar.

Assim que disse isso, pensei: *E é por isso que sou diferente do meu pai.*

Callum estava olhando diretamente para mim.

— É, bom. Não sei se você consegue acreditar nisso, Mila, mas a gente não *queria* magoar você. A gente só não *entendia* antes. Mas agora a gente entende, tá?

— Tá — respondi.

— Mais alguma coisa? — ele perguntou, como se estivesse ansioso para o fim da conversa.

Respirei fundo.

— Só queria dizer que eu não sabia que a sra. Fender ia fazer aquilo. Entregar sua cadeira para mim, basicamente. Quer dizer, ela não tinha me falado…

— Não importa.

— Não?

— É. Porque você vai ser a trompetista principal se merecer. E, se não merecer, vou pegar a cadeira de volta. — Callum deu de ombros.

— Tá — falei de novo.

Nós nos olhamos.

— Mas não acho que isso vai acontecer — acrescentei, quase sorrindo.

Reverência

As semanas seguintes passaram voando. Todo o bullying, ou assédio, ou como quer que eu devesse chamar aquilo, tinha acabado. Depois da conversa com Callum no pátio, tive certeza de que ele nunca mais faria aquilo de novo, e Tobias também não. Quanto a Leo e Dante, talvez eles estivessem arrependidos de verdade, ou talvez a sra. Fender os tivesse vencido pelo cansaço com toda aquela repetição.

Memória muscular, ou alguma versão disso, acho.

Mesmo assim, houve outras consequências. Todos os quatro garotos ficaram de castigo por três semanas, e o sr. McCabe os expulsou do time de basquete. Ele disse que poderiam voltar na primavera, mas só se "demonstrassem respeito por toda a comunidade escolar".

Além disso, a sra. Fender fez com que eles se pusessem diante de toda a banda e se desculpassem pelo "comportamento indigno da banda". Eu também pedi desculpas por ter estragado o concerto.

Na semana após a reunião comunitária, a sra. Habibi e o sr. Dolan deram início a um monte de assembleias de que todo o sétimo ano teve que participar. Eles convidaram diferentes palestrantes — alguns deles alunos do ensino médio — para falar sobre Consentimento e Limites e Assédio Sexual. A princípio, pensei que fosse ser torturante ficar sentada na plateia, mas, de alguma forma, acabou não sendo. Talvez tenha sido porque fiquei cercada por amigos o tempo todo — Omi, Max, Jared, Samira, Annabel, Liana. E, mais ou menos na metade do tempo, Zara também.

Como a sra. Fender tinha anunciado, eu era líder da seção dos trompetes, e estava totalmente focada na nossa próxima apresentação, em dezembro. Eu teria um solo — não era grande, só quatro compassos, mas estava determinada a não errar, então treinei loucamente.

Uma vez, Callum chegou até a dizer que eu "arrasei". Era um grande elogio vindo dele, então é claro que agradeci. Ele ficou vermelho, e depois disso não dissemos mais nada um ao outro, por mais que ele se sentasse na cadeira bem ao meu lado.

Outra coisa que treinei loucamente foi o karatê. Como minha mãe trabalhava na E Moções seis vezes por semana, eu nunca perdia uma aula. Já estava me preparando para meu exame de faixa amarela, e a sra. Platt disse que eu estava quase lá. Mas primeiro precisava trabalhar meu chute circular, então ela me pôs em dupla com Samira.

Em um sábado no fim de novembro, quando estava praticando com Samira, não percebi quem tinha acabado de entrar no *dojo*. Tudo que vi, de canto de olho, foi que alguém tinha entrado com roupas casuais, e que a sra. Platt estava conversando com a pessoa na entrada.

E então, de repente, Samira baixou seu aparador de chute preto.

— Uou! Srta. Brennan, para.

— O que houve? — perguntei, pensando que ela estava prestes a corrigir meu chute.

— Nada, você está indo bem — ela murmurou. — Mas está vendo aquele garoto que acabou de entrar? Está vendo quem *é*?

Ela olhou de soslaio na direção da porta.

Virei a cabeça e vi que era Callum.

Foi engraçado. Eu sabia que não estava mais com medo dele, nem com raiva, ou confusa, ou qualquer outro sentimento do tipo. Mas era como se meu corpo não tivesse aprendido o que meu cérebro sabia, que eu não precisava me preocupar com Callum Burley. Então, meu coração estava batendo forte quando a sra. Platt se aproximou de nós.

— Ei, srta. Brennan, bom progresso com os chutes — ela disse. — Que tal fazer uma pequena pausa para se juntar a um possível novo aluno? Ele disse que quer ficar em forma para o basquete na primavera, e está aqui para ganhar um pouco mais de condicionamento. Mas ele é totalmente iniciante, então vai precisar de alguém que explique o básico.

Samira e eu trocamos um olhar.

— Você está falando daquele garoto perto da porta? — perguntei lentamente.

A sra. Platt sorriu.

— Isso. Você conhece ele?

— Ah, sim, conhecemos bem — Samira começou. — Sra. Platt, talvez não seja uma boa ideia…

— Não, deixa comigo — interrompi.

A sra. Platt nunca tinha me pedido para fazer dupla com um aluno novo antes. Ser chamada foi um progresso para mim.

E eu não podia mais ter medo de Callum. Eu simplesmente *me recusava*.

Ainda assim, meu estômago se contraiu e minhas mãos ficaram úmidas enquanto eu seguia a sra. Platt até a porta, onde o garoto estava esperando. Assim que ele me viu, ficou supervermelho.

— Ah, oi, Mila — disse.

— Você tem que me chamar de srta. Brennan — respondi, fazendo minha voz soar mais calma do que eu estava. — Vou te chamar de sr. Burley. E os alunos de níveis mais baixos precisam fazer reverência aos alunos de níveis mais altos.

— Está querendo dizer que preciso me *curvar* para você? — ele perguntou, como se talvez eu estivesse brincando, ou provocando.

— Exatamente — respondi.

Ele fez uma espécie de reverência desajeitada, então me curvei do jeito correto: calcanhares juntos, braços grudados à lateral do corpo, olhos fixos à frente, curvatura na altura do quadril.

— Tente de novo — falei. — Tente seguir o que acabei de fazer.

Ele se curvou novamente, melhor. Eu me curvei de volta.

Callum sorriu. Não de um jeito malicioso — um sorrisinho tímido, como o sol espreitando por trás das nuvens.

Não me contive; sorri também.

— Você precisa tirar os sapatos, sr. Burley. E as meias também. E depois me siga até o tatame, onde vamos começar com alguns alongamentos.

— Alongamentos? — Ele franziu a testa. — Argh. Odeio alongamentos.

— Ninguém gosta — admiti. — Mas são importantes, então a gente faz mesmo assim.

Esperei por Callum na beirada do tatame. Ele se juntou a mim no minuto seguinte, andando de modo inseguro, como se não confiasse no chão.

É bem estranho, mas quando a gente vê os pés descalços de alguém pela primeira vez, eles parecem tão... indefesos.

Então espiei o rosto dele. Nossos olhares se encontraram.

Por algum motivo, ele estava fazendo sua expressão de músico sério.

Inspirei depressa.

— Está pronto? — perguntei.

— Pronto — ele afirmou.

— Muito bem, sr. Burley — falei em alto e bom som.

No segundo em que me ouvi, pensei que nem parecia minha própria voz. Mas, no segundo seguinte, pensei: *Talvez pareça.*

Talvez esta seja minha voz de verdade.

— Por favor, entre no tatame — disse a ele. — E agora podemos começar.

Agradecimentos

Às vezes, os jovens imaginam os escritores sentados sozinhos, curvados na frente do computador com uma xícara de chá, à espera da inspiração. A verdade é que muitos dias são assim. Mas, em vários outros, a escrita é um esporte de equipe. Portanto, gostaria de agradecer a toda a equipe por trás deste livro: minha excelente editora, Alyson Heller, e todas as pessoas adoráveis da Aladdin/S&S, especialmente Mara Anastas, Fiona Simpson, Tricia Lin, Michelle Leo, Chriscynethia Floyd, Chelsea Morgan, Sarah Woodruff e Amy Beaudoin. Karen Sherman, obrigada mais uma vez por sua preparação de texto minuciosa. Agradeço também a Heather Palisi pelo design e a Erika Pajarillo pela bela e marcante arte de capa original.

Jill Grinberg, você é a melhor agente que existe. Uma profunda reverência a você e a toda a agência: Denise Page, Katelyn Detweiler, Sophia Seidner, Sam Farkas.

Dra. Samantha Morrison, obrigada por conversar comigo abertamente sobre assédio sexual no ensino fundamental.

Gostaria que houvesse mais profissionais como você disponíveis para mais jovens.

Uma profunda reverência de karatê à New Paltz Karate Academy por tudo que eles fazem para ensinar e inspirar os alunos. Agradecimentos especiais a Maurey e Deena Levitz por compartilharem seu conhecimento de forma tão generosa.

Agradeço ao programa #KidsNeedMentors por ter me conectado com as salas de aula de duas professoras incríveis, Corrina Allen e Gerilyn Lessing. E, aos seus alunos sortudos — os estudantes do quinto ano da Minoa Elementary School em Minoa, Nova York, e os estudantes do sétimo ano da Bayshore Middle School em Bayshore, Nova York —, obrigada pelos comentários úteis e pelas ótimas conversas!

Ao meu time de casa: obrigada — mais uma vez! — pelo amor e pelo apoio infinitos. Chris e Lizzy, abraços extras por todas aquelas horas de leitura e releitura! Josh, Alex e Dani — obrigada por sempre me incentivarem.

Este livro, composto na fonte Fairfield,
Foi impresso em papel Pólen Soft 70g/m² na gráfica Elyon.
São Paulo, Brasil, setembro de 2021.